हिन्द पॉकेट बुक्स

दुनिया की महान बहादुर बेटी मलाला

यह पाकिस्तान में जन्मी उस महान बेटी की जीवनी है, जिसने बालिका शिक्षा के लिए संघर्ष किया और जो आज जिंदा शहीद के नाम से जानी जाती है, क्योंकि तालिबानियों ने शिक्षा का प्रचार-प्रसार करने से रोकने के लिए उसे एक के बाद एक तीन गोलियाँ मारी, लेकिन ईश्वर का शुक्र है कि वह बच गई। उस बहादुर बेटी को आज सारी दुनिया 'मलाला' के नाम से जानती है। मलाला की यह प्रेरक जीवनी है, जिसे बच्चों और किशोरों के लिए तैयार किया गया है, ताकि इसे पढ़कर बच्चों में उनके जैसा बनने, ऊँचा उठने और सच्चाई के रास्ते पर चलने की प्रेरणा जाग सके।

यह जीवनी बहुत आसान भाषा में और रोचक ढंग से लिखी गई है। इसे याद करने में भी आसानी होगी। यह जीवन-गाथा दर्जनों सुंदर चित्रों से सजी हुई है और इसके अंत में एक प्रश्नोत्तरी भी दी गई है, ताकि आप अपनी परीक्षा स्वयं ले सकें।

लेखक की अन्य पुस्तकें

- हमारे राष्ट्रीय खेल
- हमारा राष्ट्रीय पुष्प कमल
- हमारा राष्ट्रीय पक्षी मोर
- हमारा राष्ट्रीय गीत
- हमारी राष्ट्रीय संस्कृति वैदिक
- हमारा राष्ट्रीय फल आम
- हमारा राष्ट्रीय चिह्न अशोक चक्र
- हमारा राष्ट्रीय वृक्ष बरगद
- हमारी राष्ट्रीय जलचर डॉल्फिन
- हमारी राष्ट्रीय नदी गंगा
- हमारा राष्ट्रीय ग्रंथ गीता
- हमारे राष्ट्रीय पर्व और दिवस
- हमारे राष्ट्रीय स्मारक
- हमारा राष्ट्रीय ध्वज तिरंगा
- हमारे राष्ट्रीय विरासत स्थल
- हमारी राजभाषा हिन्दी
- हमारे नेशनल पार्क
- लोकप्रिय बाल गीत
- हमारे देशभक्ति गीत
- हमारे राष्ट्रीय गीत
- शहीदों के अमर गीत
- महाभारत की कहानियाँ
- पुराणों की कहानियाँ
- रामायण की कहानियाँ
- बेताल पचीसी, दो भागों में
- महापुरुषों का बचपन
- महाराणा प्रताप

सुरुचिपूर्ण एवं प्रेरणादायक सचित्र जीवनी

दुनिया की महान बहादुर बेटी

मलाला

तेजपाल सिंह धामा

हिन्द पॉकेट बुक्स
पेंगुइन रैंडम हाउस इम्प्रिंट

हिन्द पॉकेट बुक्स

यूएसए | कनाडा | यूके | आयरलैंड | ऑस्ट्रेलिया | सिंगापुर
न्यू ज़ीलैंड | भारत | दक्षिण अफ्रीका | चीन

हिन्द पॉकेट बुक्स, पेंगुइन रैंडम हाउस ग्रुप ऑफ़ कम्पनीज़ का हिस्सा है,
जिसका पता global.penguinrandomhouse.com पर मिलेगा

पेंगुइन रैंडम हाउस इंडिया प्रा. लि.,
चौथी मंजिल, कैपिटल टावर -1, एम जी रोड,
गुड़गांव 122 002, हरियाणा, भारत

पेंगुइन
रैंडम हाउस
इंडिया

प्रथम हिन्दी संस्करण हिन्द पॉकेट बुक्स द्वारा 2014 में प्रकाशित
यह हिन्दी संस्करण हिन्द पॉकेट बुक्स में पेंगुइन रैंडम हाउस द्वारा 2022 में प्रकाशित

10 9 8 7 6 5 4 3 2

इस पुस्तक में व्यक्त विचार लेखक के अपने हैं, जिनका यथासंभव तथ्यात्मक
सत्यापन किया गया है, और इस संबंध में प्रकाशक एवं सहयोगी
प्रकाशक किसी भी रूप में उत्तरदायी नहीं हैं।

ISBN 9789353491215

मुद्रकः रेप्रो इंडिया लिमिटेड

www.penguin.co.in

FSC www.fsc.org
MIX
Paper from responsible sources
FSC® C047271

This is a legitimate digitally printed version of the book and therefore might not
have certain extra finishing on the cover.

क्रम

जन्म एवं शिक्षा-दीक्षा....................................7

मलाला की डायरी....................................14

मलाला पर हमले की कहानी....................................41

परास्नातक डिग्री....................................51

संयुक्त राष्ट्र में संबोधन....................................53

गांधीवाद की विजय....................................59

मलाला दिवस....................................61

प्रश्नोत्तरी....................................63

जन्म एवं शिक्षा-दीक्षा

"क्या कर रही हो बेटी!" एक दादा ने अपनी पौत्री से पूछा, तो पौत्री ने जवाब दिया, "पढ़ रही हूँ।"

"क्या पढ़ रही हो?"

"महात्मा गांधी की आत्मकथा।"

"क्या तुम महात्मा गांधी की आत्मकथा पढ़ रही हो," उस बुजुर्ग, जिसका नाम रोहुल अमीन था, फिर उसने थोड़ा क्रोधित होते हुए अपने पुत्र को पुकारा, "जियाउद्दीन युसुफजई इधर आकर देख तेरी जानी, क्या कर रही है?"

जियाउद्दीन युसुफजई अपनी बेटी को 'जानी' ही कहकर पुकारते थे, जबकि जियाउद्दीन की पत्नी और उस बच्ची माँ टोर पेकाई उसे 'लाची' कहती थी, पर उस लड़की का असली नाम था मलाला युसुफजई, जो ग्यारह साल की उम्र में ही महात्मा गांधी की आत्मकथा पढ़ रही थी और जिसे पढ़ना शायद उसके दादा को अच्छा नहीं लगा, इसलिए तो उसने अपने पुत्र से शिकायत कर डाली थी कि देख तेरी जानी क्या पढ़ रही है।

"जी अब्बाजान!" जियाउद्दीन अंदर के कमरे से बाहर आ गया था, "तो जानी क्या पढ़ रही है!"

"यह तेरी लाड़ली महात्मा गांधी की आत्मकथा 'सत्य के प्रयोग' पढ़ रही है।"

"तो इसमें बुराई ही क्या है?"

"इसमें कुछ बुराई नजर नहीं आती तुझे," रोहुल कह उठा था, "अरे

जिस उम्र में बच्चों को कुरान शरीफ पढ़नी चाहिए, उस उम्र में यह महात्मा गांधी की आत्मकथा पढ़ रही है।''

''अब्बू! महात्मा गांधी दुनिया की महान हस्ती थे, उनकी जीवनी पढ़कर उससे प्रेरणा लेना गर्व की बात है और रही बात कुरान शरीफ की तो उसे हर मुसलमान जीवनभर पढ़ता ही है, लेकिन दुनिया में आगे बढ़ना है तो कुरान शरीफ के अलावा और भी बहुत कुछ पढ़ना जरूरी है।''

''बहुत लेक्चर झाड़ दिया तूने,'' उस बुजुर्ग ने फिर लाल-पीला होते हुए कहा, ''लड़की को बहुत कुछ पढ़कर आगे बढ़कर करना क्या होता है, उसे तो उम्र हुई और शादी कर दी, फिर लड़की का कार्य वंश परिवार चलाना ही तो होता है।''

''अब्बू आप किस जमाने की बात कर रहे हैं,'' जियाउद्दीन ने कहा, ''लड़की केवल घर-परिवार चलाने वाली या शादी के बाद बच्चे पैदा करने और उनका पालन-पोषण करने के लिए ही नहीं होती, वरन लड़कियाँ आज किसी भी प्रकार से लड़कों से कम नहीं हैं। कल्पना चावला, सुनीता न जाने कितनी लड़कियाँ आज अंतरिक्ष में चुकी हैं और मंगल तक जाने को तैयार हैं और अपने ही पाकिस्तान को ले लो यहाँ की बेटी बेनजीर भुट्टो अपने देश की प्रधानमंत्री तक रह चुकी है और भारत में भी इंदिरा गांधी।''

''सारी दुनिया की छोड़, सारी दुनिया तो मजहब के रास्ते से भटक गई है, क्या तू भी काफिर हो गया है।''

''अब्बू इसमें भटकने या काफिर होने की बात नहीं, वरन् बेटियों को पढ़ाना-लिखाना तो तरक्की की निशानी है। जानते हो एक बेटी का महत्व क्या होता है?''

''तो क्या होता है एक बेटी का महत्व अब तुझसे जानना पड़ेगा!''

''एक बेटी के पढ़ने का मतलब है, सारे परिवार को पढ़ाना।''

''वह कैसे?''

''देखो यदि बेटी पढ़ी-लिखी होगी, तो आगे चलकर अपनी संतान को

अच्छी तरह पढ़ा सकेगी और परिवार को अच्छी तरह चला सकेगी और अपने कारोबार में भी हाथ बँटा सकेगी।''

''चल छोड़ ये लेक्चर और मेरे लिए हुक्का भर कर ले आ।''

''अच्छी बात है।'' कहकर जियाउद्दीन तो चला गया, लेकिन महात्मा गांधी की आत्मकथा पढ़ रही मलाला बोल उठी थी, जो अब तक अपने दादा और पिताजी का शास्त्रार्थ सुन रही थी, ''दादू एक बात कहूँ बुरा न मानों तो।''

''बोलो क्या कहती हो मलाई।'' दादू उसे प्यार से मलाई कहते थे।

''हुक्का पीना बड़ी बुरी बात है।''

''क्यों हुक्का पीना बड़ी बुरी बात क्यों है?''

''क्योंकि धूम्रपान से कैंसर होता है।''

''ओह तो अब हमें अपनी पौत्री से शिक्षा लेनी पड़ेगी कि हुक्का पीने से कैंसर होता है,'' फिर उसने थोड़ा सहज होकर पूछा, ''तो और क्या नुकसान है हुक्का पीने से।''

''आप हुक्का पीएँगे और धुआँ छोड़ेंगे, वह हमारी श्वास से हमारे अंदर भी जाएगा और जानते हो इसका मतलब यह है कि आप हमें भी रोगी बना रहे हैं यानी कि सारे परिवार को ही धूम्रपान से नुकसान पहुँचा रहे हैं।''

इतने में जियाउद्दीन आ गए, तो रोहुल ने उसी से शिकायत करी, ''लो और पढ़ा लो बेटी को, कहते हो बेटी को पढ़ाने का अर्थ सारे परिवार को पढ़ाने के बराबर है और हमारा हुक्का पीना सारे परिवार को रोगी बनाने के बराबर।''

''तो फिर अब्बू हुक्का छोड़ क्यों नहीं देते, क्या पीने के लिए फलों के जूस नहीं हैं।''

''तो अब तुम भी हमें ही कहने लगे, हुक्का छोड़ने के लिए। मलाला को तो पढ़ाई छोड़ने के लिए कहा नहीं।''

''अब्बू मलाला की पढ़ाई भलाई के लिए है, परंतु आपका हुक्का तो

कैंसर जैसे रोगों के लिए है ना!''

''ओह! अब समझा कि मलाला क्यों कहती है कि हुक्का पीने से कैंसर होता है,'' फिर धीरज रखते हुए बोले, ''ठीक है एकदम तो छूटेगा, नहीं लेकिन यदि धूम्रपान पीने से कैंसर होता है, तो धीरे-धीरे छोड़ ही दूँगा।''

''आज ही क्यों नहीं छोड़ देते दद्दू,'' मलाला के दोनों भाई खुशहाल और अटल ने बाहर से आते हुए एक साथ और एक स्वर में कहा, ''तो क्या चीलम उतार कर ले जाएँ।''

''जैसी तुम्हारी मर्जी।'' उस बुजुर्ग ने कहा, ''आजकल तो बहुमत का जमाना है। बहुमत से ही सरकार बनती है। चलो हम धूम्रपान छोड़ देते हैं।''

मलाला युसुफजई जिनकी शिक्षा-दीक्षा उनके दादा छुड़ाना चाहते थे, लेकिन उनकी प्रेरणा और सूझबूझ से स्वयं उनके दादा को ही धूम्रपान जैसी बुराई से छुटकारा मिल गया, वह बालिका आज बच्चों के अधिकारों की कार्यकर्ता होने के लिए जानी जाती है।

मलाला का जन्म 1997, में पाकिस्तान के खैबर पख्तूनख्वाह प्रान्त के स्वात जिले में हुआ। 2013 में वह मिंगोरा शहर में आठवीं कक्षा की एक छात्रा थीं, जब उन पर इसलिए हमला किया गया कि वह स्वयं पढ़ने के साथ-साथ अन्य अनपढ़ और स्कूल न जाने वाले बच्चों को पढ़ने के लिए प्रोत्साहित करती थी।

13 साल की उम्र में ही वह तहरीक-ए-तालिबान शासन के अत्याचारों के बारे में एक छद्म नाम के तहत बीबीसी के लिए ब्लॉगिंग द्वारा स्वात के लोगों में नायका बन गई। अंतरराष्ट्रीय बच्चों की वकालत करने वाले समूह किड्स राइट्स फाउंडेशन ने युसुफजई को अंतर्राष्ट्रीय बाल शांति पुरस्कार के लिए प्रत्याशियों में शामिल किया, वह पहली पाकिस्तानी लड़की थी, जिसे इस पुरस्कार के लिए नामांकित किया गया। दक्षिण

अफ्रीका के नोबेल पुरस्कार विजेता देस्मुंड टूटू एम्स्टर्डम ने हॉलैंड में एक समारोह के दौरान 2011 के इस नामांकन की घोषणा की, लेकिन युसुफजई यह पुरस्कार नहीं जीत सकी और यह पुरस्कार दक्षिण अफ्रीका की 17 वर्षीय लड़की ने जीत लिया। यह पुरस्कार बच्चों के अधिकारों के लिए काम करने वाली संस्था हर साल एक लड़की को देती है।

मलाला ने तालिबान के फरमान के बावजूद लड़कियों को शिक्षित करने का अभियान चला रखा है। तालिबान आतंकी इसी बात से नाराज होकर उसे अपनी हिट लिस्ट में ले चुके थे। अक्टूबर 2012 में, मंगलवार को दिन में करीब सवा 12 बजे स्वात घाटी के कस्बे मिंगोरा में स्कूल से लौटते वक्त उस पर आतंकियों ने हमला किया था। इस हमले की जिम्मेदारी तहरीक-ए-तालिबान पाकिस्तान (टीटीपी) ने ली।

मलाला अभी पढ़ाई कर रही है। 2013 में उन्होंने कक्षा आठ की परीक्षा दी और आगे अपनी पढ़ाई जारी करने का न केवल संकल्प लिया, वरन अनेक बच्चों को पढ़ाई के लिए भी प्रेरित कर रही हैं। मलाला की शिक्षा के प्रति समर्पण को देखते हुए उन्हें परास्नातक की मानद डिग्री भी प्रदान की गई, लेकिन यह केवल एक सम्मान है, इसका अर्थ यह नहीं कि उसे अब आगे पढ़ाई करने की आवश्यकता नहीं, क्योंकि वे तो ग्यारह साल की उम्र में ही परास्नातक हो गई हैं।

मलाला की डायरी

डायरी लिखना एक अच्छी बात है, क्योंकि डायरी लेखन से जहाँ सृजनात्मकता का विकास होता है, वहीं इसके कई और लाभ भी हैं। देश विदेश में जितने भी महापुरुष हुए हैं, उन्होंने अपने जीवन में डायरी अवश्य लिखी है। सीधी-सादी बातों में डायरी लेखन का मतलब यही है कि जो दिनभर आँखों के सामने घटा हो, उसे अपने शब्दों में त्यों का त्यों कलमबद्ध कर दिया जाए। मलाला को भी प्रसिद्धि उसके डायरी लेखन के कारण ही मिली है। उन्होंने अपनी डायरी 'गुल मकई' के नाम से लिखी है।

निदा फाजली के शब्दों में, 'डायरी एक तरल विधा है, जिस बर्तन में डालो उसी का आकार वो ले लेगी। उपन्यास में डालिए तो उपन्यास का आकार ले लेगी। डायरी का उपयोग यात्रा आख्यान में लिखने में भी किया गया है। आप कल्पना करें कि यदि वास्को डि गामा जर्नल नहीं लिखता तो क्या होता? यदि चार्ल्स डार्विन ने जर्नल्स नहीं लिखे होते तो क्या होता? जर्नल में व्यक्तिगत बातें प्रायः नहीं लिखी जातीं। जहाज के हर कप्तान के लिए यह आवश्यक है कि वह जहाज की गतिविधियों के बारे में रोज जर्नल लिखे। वास्को डि गामा का लिखा हुआ जैसा भी यात्रा वृत्तांत भारत पर उपलब्ध है, उसकी शक्ल जर्नल की ही है। जर्नल और डायरी में बुनियादी अंतर एक तो है ही, वह है कि एक डायरी बहुत व्यक्तिगत होती है और जर्नल एक सार्वजनिक दस्तावेज है। डायरी में लोग दूसरों के बारे में भी लिखते हैं, तब वह डायरी कम जर्नल का रूप अधिक ले लेती है। विलियम वर्ड्सवर्थ की बहन डोरोथी वर्ड्सवर्थ ने जर्नल लिखे, जो वर्ड्सवर्थ के

रचनात्मक मन और जीवन पर पर्याप्त रोशनी डालती है। जर्नल लिखने का काम कई लेखकों ने किया है। प्रख्यात कथा लेखिका कैथराइन मैनसफील्ड, फ्रांसीसी लेखिक आद्रे जीद के जर्नल प्रसिद्ध हैं। वर्जीनिया वुल्फ की डायरी आज भी लोकप्रिय मानी जाती है। जर्नल लिखने के लिए भी डायरी के आकार जैसी ही स्टेशनरी की जरूरत पड़ती है, शायद इसीलिए बहुधा इस रूपबंध के प्रैक्टिशनर डायरी और जर्नल में अंतर नहीं रख पाते। जर्मन उपन्यासकार फ्रांज काफ्का की डायरी पढ़ते समय अपराध, एकांत और अशंका के बोध से दबे लेखक के वास्तविक साथी स्वप्न जैसे संसार से हम परिचित होते हैं। काफ्का का आत्मसंघर्ष व्यक्तिगत मुक्ति के प्रयत्नों और उसकी व्यर्थताओं में हम देखते हैं।''

जैसे किसी घटना का संबंध घटना को एक गवाह ही जीवंत रूप में प्रस्तुत कर सकता है, उसका ग्राफीय ब्यौरा दे सकता है उसी तरह डायरी कई बार हमें जीवंत ब्यौरे से समृद्ध कर देती है। वस्तुतः जब भी इस तरह की घटनाओं का वर्णन डायरी में होता है, तो डायरी लेखक और डायरी दोनों गवाह बन जाते हैं।

निदा फाजली कहते हैं, ''डायरी रहस्यों को अपने में समाए रहती है। उसके खुल जाने का भय लेखक भोगता है। कई बार डायरी गायब होने पर लेखक की नींद हराम हो जाती है, कई बार उसका भयादोहन भी डायरी के चलते हो सकता है। फिर भी डायरी लेखक को उन्मुक्त करनेवाली विधा है। आप नियमित रूप से भले लेखक न हों लेकिन डायरी लिखने का अधिकार और साहस हर किसी में हो सकता है। और जिसने कभी न लिखा हो या पहली बार भी लिखने बैठेगा तो उसे अपने असाहित्यिक होने का संकोच कभी परेशान नहीं करेगा। अब ऐसे लेखन में कितनी साहित्यिकता है या अभिव्यक्ति के दूसरे रंग कितने हैं, ये डायरी लिखनेवाले पर निर्भर करता है।''

मलाला ने अत्यंत कम उम्र में ही डायरी लिखने का साहस किया और

उसके खुल जाने का जो भय लेखक को होता है, वह शायद उसको भी रहा होगा और जब मलाला के डायरी लेखन का भेद खुला, तो उसे बदले में तालिबानियों की गोलियों का निशाना बनना पड़ा।

मलाला युसुफ़जई मिंगोरा, जो स्वात का मुख्य शहर है, में रहती है। मिंगोरा पर तालिबान ने मार्च 2009 से मई 2009 तक कब्जा कर रखा था, जब तक कि पाकिस्तानी सेना ने क्षेत्र का नियंत्रण हासिल करने के लिए अभियान शुरू किया। संघर्ष के दौरान उसने नकली नाम 'गुल मकई' के तहत बीबीसी के लिए एक डायरी लिखी, जिसमें उसने स्वात में तालिबान के बुरे कामों का वर्णन किया था।

11 साल की उम्र में ही मलाला ने डायरी लिखनी शुरू कर दी थी। वर्ष 2009 में बीबीसी उर्दू के लिए डायरी लिख मलाला पहली बार दुनिया की नजरों में आई थी। गुल मकई नाम से मलाला ने अपने दर्द को डायरी में बयां किया। डायरी लिखने की शौकीन मलाला ने अपनी डायरी में लिखा था, 'आज स्कूल का आखिरी दिन था, इसलिए हमने मैदान पर कुछ ज्यादा देर खेलने का फैसला किया। मेरा मानना है कि एक दिन स्कूल खुलेगा लेकिन जाते समय मैंने स्कूल की इमारत को इस तरह देखा जैसे मैं यहाँ फिर कभी नहीं आऊँगी।' जब स्वात में तालिबान का आतंक कम हुआ तो मलाला की पहचान दुनिया के सामने आई और उसे बहादुरी के लिए अवॉर्ड से नवाजा गया। इसी के साथ वह इंटरनेशनल चिल्ड्रेन पीस अवॉर्ड के लिए भी नामित हुई। मलाला ने ब्लॉग और मीडिया में तालिबान की

ज्यादतियों के बारे में जब से लिखना शुरू किया, तब से उसे कई बार धमकियाँ मिलीं। मलाला ने तालिबान के कट्टर फरमानों से जुड़ी दर्दनाक दास्तानों को महज 11 साल की उम्र में अपनी कलम के जरिए लोगों के सामने लाने का काम किया था। मलाला उन पीड़ित लड़कियों में से है, जो तालिबान के फरमान के कारण लंबे समय तक स्कूल जाने से वंचित रही। तीन साल पहले स्वात घाटी में तालिबान ने लड़कियों के स्कूल जाने पर पाबंदी लगा दी थी। लड़कियों को टीवी कार्यक्रम देखने की भी मनाही थी। स्वात घाटी में तालिबानियों का कब्जा था और स्कूल से लेकर कई चीजों पर पाबंदी थी। मलाला भी इसकी शिकार हुई। लेकिन अपनी डायरी के माध्यम से मलाला ने क्षेत्र के लोगों को न सिर्फ जागरुक किया, बल्कि तालिबान के खिलाफ खड़ा भी किया। तालिबान ने वर्ष 2007 में स्वात को अपने कब्जे में ले लिया था और लगातार कब्जे में रखा। तालिबानियों ने लड़कियों के स्कूल बंद कर दिए थे। कार में म्यूजिक से लेकर सड़क पर खेलने तक पर पाबंदी लगा दी गई थी। उस दौर के अपने अनुभवों के आधार पर इस लड़की ने बीबीसी उर्दू सेवा के लिए जनवरी, 2009 में अपनी डायरी लिखी थी। इसमें उसने जिक्र किया था कि टीवी देखने पर रोक के चलते वह अपना पसंदीदा भारतीय सीरियल 'राजा की आएगी बारात' नहीं देख पाती थी। बच्चों हम यहाँ मलाला की लिखी गई मूल डायरी को उन्हीं के शब्दों में दे रहे हैं, ताकि आप भी डायरी लेखन के लिए प्रेरित हो सकें और इस विधा के कुशल जानकार भी बनें, तो आइए पढ़ते हैं मलाला की डायरी को उन्हीं के शब्दों में :

3 जनवरी 2009 : मैं डर गई और रफ्तार बढ़ा दी

कल पूरी रात मैंने ऐसा डरावना सपना देखा जिसमें फौजी हेलीकॉप्टर और तालिबान दिखाई दिए। स्वात में फौजी ऑपरेशन शुरू होने के बाद इस किस्म के सपने बार-बार देख रही हूँ। माँ ने नाश्ता दिया और फिर मैं स्कूल के लिए रवाना हो गई। मुझे स्कूल जाते वक्त बहुत डर महसूस हो

रहा था, क्योंकि तालिबान ने ऐलान किया है कि लड़कियाँ स्कूल न जाएँ।

आज हमारी क्लास में सत्ताइस में से सिर्फ 11 लड़कियाँ हाजिर थीं। यह तादाद इसलिए घट गई है कि लोग तालिबान के ऐलान के बाद डर गए हैं। मेरी तीन सहेलियाँ स्कूल छोड़कर अपने परिजनों के साथ पेशावर, लाहौर और रावलपिंडी जा चुकी हैं। एक बजकर चालीस मिनट पर स्कूल की छुट्टी हुई। घर जाते वक्त रास्ते में मुझे एक व्यक्ति की आवाज सुनाई दी जो कह रहा था; 'मैं आपको नहीं छोडूँगा।' मैं डर गई और अपनी रफ्तार बढ़ा दी। जब थोड़ा आगे गई, फिर पीछे मुड़कर देखा तो वह किसी और को फोन पर धमकियाँ दे रहा था। मैं यह समझ बैठी कि वह शायद मुझे ही कह रहा है।

4 जनवरी 2009 : कल स्कूल जाना है, मेरा दिल धड़क रहा है

आज छुट्टी है, इसलिए मैं नौ बजकर चालीस मिनट पर जागी, लेकिन उठते ही अब्बू साहब ने यह बुरी खबर सुनाई कि आज फिर ग्रीन चौक से तीन लाशें मिली हैं। इस घटना की वजह से दोपहर को मेरा मन खराब हो रहा था। जब स्वात में फौजी कार्रवाई शुरू नहीं हुई थी उस वक्त हम तमाम घर वाले इतवार को पिकनिक के लिए मीर गुजार, फिजाए घट और कांजू चले जाते थे। अब हालात इतने खराब हो गए हैं कि हम डेढ़ साल से पिकनिक पर नहीं जा सके हैं। हम रात को खाने के बाद सैर के लिए बाहर भी जाया करते थे। अब हालात की वजह से लोग शाम को ही घर लौट आते हैं। मैंने आज घर का काम-काज किया, होम वर्क किया और थोड़ी देर के लिए छोटे भाई के साथ खेली। कल सुबह फिर स्कूल जाना है और मेरा दिल अभी से धड़क रहा है।

5 जनवरी 2009 : रंगीन कपड़े पहन कर नहीं आएँ

आज जब स्कूल जाने के लिए मैंने यूनिफॉर्म पहनने के लिए हाथ आगे बढ़ाया तो याद आया कि हेडमिस्ट्रेस ने कहा था कि आइंदा घर के कपड़े पहन कर स्कूल आ जाया करें। मैंने अपनी पसंदीदा गुलाबी रंग के कपड़े

पहन लिए। स्कूल में हर लड़की ने घर के कपड़े पहन लिए जिससे स्कूल घर जैसा लग रहा था। इस दौरान मेरी एक सहेली डरती हुई मेरे पास आई और बार-बार कुरआन का वास्ता देकर पूछने लगी कि 'खुदा के लिए सच-सच बताओ, हमारे स्कूल को तालिबान से खतरा तो नहीं?' मैं स्कूल खर्च यूनिफॉर्म की जेब में रखती थी लेकिन आज जब भी मैं भूल से अपनी जेब में हाथ डालने की कोशिश करती तो हाथ फिसल जाता क्योंकि मेरे घर के कपड़ों में जेबें सिलीं ही नहीं। आज हमें असेंबली में फिर कहा गया कि आइंदा से तड़क-भड़क लिबास पहन कर न आएँ, क्योंकि इस पर भी तालिबान खफा हो सकते हैं।

स्कूल की छुट्टी के बाद घर आई और खाना खाने के बाद ट्यूशन पढ़ा। शाम को मैंने टेलीविजन ऑन किया तो इसमें बताया गया कि शिकरदा से पंद्रह रोज के बाद कर्फ्यू उठाया गया। मुझे बहुत खुशी हुई क्योंकि हमारी अंग्रेजी की टीचर का ताल्लुक इसी इलाके से है और वह शायद कल पंद्रह दिन के बाद पढ़ाने के लिए स्कूल आ जाएँ।

7 जनवरी 2009 : न फायरिंग, न डर

हम मुहर्रम की छुट्‌टी बिताने के लिए बूनीर आए और हरेभरे खेतों के लिए बूनीर पसंद आया। यहाँ चारों तरफ पहाड़ और सुंदर वादियाँ हैं। मेरा स्वात भी तो बहुत खूबसूरत है लेकिन वहाँ शांति जो नहीं। यहाँ शांति भी है और सुकून भी। न फायरिंग की आवाज और न ही कोई डर। हम सब घर वाले यहाँ बहुत खुश हैं। आज पीर बाबा की मजार पर गए थे। वहाँ लोगों की बहुत अधिक भीड़ थी। वह मन्नतें माँगने आए थे और हम मौज मस्ती के लिए। यहाँ पर चूड़ियाँ, झुमके, लॉकेट वगैरह बिकते हैं। मैंने शॉपिंग करने की सोची थी, मगर कुछ भी पसंद नहीं आया। अलबत्ता अम्मी ने झुमके और चूड़ियाँ खरीद लीं।

9 जनवरी 2009 : मौलाना शाह दौरान छुट्टी पर चले गए

आज मैंने स्कूल में अपनी सहेलियों को बूनीर के सफर के बारे में

बताया। उन्होंने कहा कि तुम्हारे ये किस्से सुनते-सुनते हमारे कान पक जाएँगे। हमने एफएम चैनल पर घोषणा करने वाले तालिबान रहनुमा मौलाना शाह दौरान की मौत से संबंधित उड़ाई गई खबर पर खूब बहस की। उन्होंने ही लड़कियों के स्कूल जाने पर पाबंदी का ऐलान किया था।

कुछ लड़कियों का कहना था कि वह मर गए हैं। कुछ ने कहा कि नहीं, जिंदा हैं। उन्होंने चूँकि गुजरी रात तानाशाहीपूर्ण कोई नई घोषणा नहीं की थी इसीलिए उनकी मौत की अफवाह फैलाई गई थी। एक लड़की ने कहा कि वह छुट्टी पर चले गए हैं। शुक्रवार को हमारे ट्यूशन की छुट्टी होती है इसलिए हम आज देर तक खेलते रहे। अभी-अभी ज्यों ही मैं टीवी देखने बैठ गई तो खबर आई कि लाहौर में धमाके हो गए हैं। मैंने कहा 'या अल्लाह, दुनिया में सबसे ज्यादा धमाके पाकिस्तान में ही क्यों होते हैं।'

14 जनवरी 2009 : शायद दोबारा स्कूल न आ सकूँ

आज मैं स्कूल जाते वक्त बहुत खफा थी, क्योंकि कल से सर्दियों की छुट्टियाँ शुरू हो रही हैं। हेडमिस्ट्रेस ने छुट्टियों का ऐलान तो किया, मगर मुकर्रर तारीख नहीं बताई। ऐसा पहली बार हुआ है। पहले हमेशा छुट्टियों के खत्म होने की मुकर्रर तारीख बताई जाती थी। इसकी वजह तो उन्होंने नहीं बताई लेकिन मेरा खयाल है कि तालिबान की वजह से पंद्रह जनवरी के बाद लड़कियों के स्कूल जाने पर पाबंदी के कारण ऐसा किया गया है। इस बार लड़कियाँ भी छुट्टियों के बारे में पहले की तरह ज्यादा खुश दिखाई नहीं दे रही थीं, क्योंकि उनका खयाल था कि अगर तालिबान ने अपने ऐलान पर अमल किया, तो शायद स्कूल दोबारा न आ सकें।

कुछ लड़कियाँ मानती थीं कि इंशा अल्लाह फरवरी में स्कूल दोबारा खुल जाएँगे लेकिन कई ऐसी भी थीं कि जिन्होंने बताया कि उनकी पढ़ाई जारी रखने की खातिर उनके माँ-बाप ने स्वात से बाहर जाने का फैसला किया है। आज चूँकि स्कूल का आखिरी दिन था इसीलिए हम सहेलियों ने स्कूल के ग्राउंड में देर तक खेलने का फैसला किया। मुझे भी यह उम्मीद

है कि इंशा अल्लाह हमारा स्कूल बंद नहीं होगा, लेकिन फिर भी निकलते वक्त मैंने स्कूल की इमारत पर ऐसी नजर डाली जैसे दोबारा यहाँ नहीं आ सकूँगी।

15 जनवरी 2009 : तोपों की भारी गर्जना से भरपूर रात

पूरी रात तोपों की गरज थी, जिसकी वजह से मैं तीन मर्तबा जाग उठी। आज ही से स्कूल की छुट्टियाँ भी शुरू हो गई हैं इसलिए मैं आराम से दस बजे उठी। बाद में मेरी एक क्लास फेलो आई, जिसने मेरे साथ होमवर्क डिस्कस किया। आज पंद्रह जनवरी थी यानी तालिबान की तरफ से लड़कियों के स्कूल न जाने की धमकी की आखिरी तारीख, मगर मेरी क्लास फेलो कुछ इस एत्माद से होमवर्क कर रही है जैसे कुछ हुआ ही नहीं। आज मैंने मकामी अखबार में बीबीसी पर शाया होने वाली अपनी डायरी भी पढ़ी। मेरी माँ को मेरा फर्जी नाम 'गुल मकई' बहुत पसंद आया और अब्बू से कहने लगी कि मेरा नाम बदल कर गुल मकई क्यों नहीं रख लेते। मुझे भी यह नाम पसंद आया, क्योंकि मुझे अपना नाम इसलिए

नमाज पढ़ते तालिबानी

अच्छा नहीं लगता कि इसका मतलब दुःख त्रस्त होता है। मेरे पिता को मलाला नाम ही पसंद है। अब्बू ने बताया कि चंद दिन पहले भी किसी ने डायरी की प्रिंट लेकर उन्हें दिखाई थी कि ये देखो, स्वात की किसी तालिबा की कितनी जबरदस्त डायरी छप रही है। अब्बू ने कहा कि मैंने मुस्कराते हुए डायरी पर नजर डाली और डर के मारे यह भी न कह सका कि 'हाँ, यह तो मेरी बेटी की है।'

18 जनवरी 2009 : सिक्योरिटी फोर्सेज भी जिम्मेदार

आज अब्बू ने बताया कि हुकूमत हमारे स्कूलों की हिफाजत करेगी। वजीर-ए-आजम ने भी हमारे बारे में बात की है। मैं बहुत खुश हुई। लेकिन इससे तो हमारा मसला हल नहीं होगा। यहाँ हम स्वात में रोजाना सुनते हैं कि फलाँ जगह पर इतने फौजी मर गए हैं। उधर उतने अगवा हो गए। पुलिसवाले तो आजकल शहर में नजर आ ही नहीं रहे हैं। हमारे माँ-बाप बहुत डरे हुए हैं। वे कहते हैं कि जब तक तालिबान खुद ही एफएम चैनल पर अपना ऐलान वापस नहीं लेते, वह हमें स्कूल नहीं भेजेंगे। खुद फौज की वजह से भी हमारी पढ़ाई थमी हुई है। आज हमारे मुहल्ले का एक लड़का स्कूल गया था तो वहाँ पर मास्टरजी ने उससे कहा कि तुम वापस घर चले जाओ क्योंकि कर्फ्यू लगने वाला है। वह जब वापस आया तो पता चला कि कर्फ्यू नहीं लग रहा है, बल्कि उस रास्ते से फौजी काफिले को गुजरना था इसलिए स्कूल से छुट्टी कर दी गई।

19 जनवरी 2009 : स्कूली बिल्डिंग को सजा क्यों?

आज फिर पाँच स्कूलों को बमों से उड़ा दिया गया। इनमें से एक स्कूल तो मेरे घर के करीब है। मैं हैरान हूँ कि ये स्कूल तो बंद थे फिर क्यों उन्हें आग लगाई गई। तालिबान की डेडलाइन के बाद तो किसी ने भी स्कूल में कदम नहीं रखा था। आखिर ये लोग बिल्डिंग को क्यों सजा दे रहे हैं। आज मैं अपनी एक सहेली के घर गई थी। उसने कहा कि चंद दिन पहले मौलाना शाह दौरान के चचा को किसी ने कत्ल कर दिया था। शायद

इसीलिए तालिबान ने गुस्से में आकर इन स्कूलों को जला दिया है। वह कह रही थी कि तालिबान को किसी ने तकलीफ पहुँचाई है। जब उन्हें तकलीफ पहुँचती है, तो वह फिर इस तरह का गुस्सा हमारे स्कूलों पर निकालते हैं। फौजी भी कुछ नहीं कर रहे हैं। वह पहाड़ों में अपने मोर्चों में बैठे हुए हैं। बकरियाँ जबह करते हैं और मजे लेकर खाते हैं।

22 जनवरी 2009 : जहाँ फौजी वहाँ तालिब, जहाँ तालिब वहाँ फौजी नहीं

स्कूलों के बंद होने के बाद घर पर बैठ कर बहुत बोर हो गई हूँ। मेरी सारी सहेलियाँ स्वात से चली गई हैं। स्वात में आजकल हालात फिर बहुत खराब हैं। डर के मारे घर से बाहर नहीं निकल सकती। रात को भी मौलाना शाह दौरान ने एफएम चैनल पर अपनी घोषणा में ये धमकी दी कि लड़कियाँ घर से न निकलें। उन्होंने ये भी कहा कि फौज जिस स्कूल को मोर्चे के तौर पर इस्तेमाल करेगी वह उसे धमाके से उड़ा देंगे।

अब्बू ने आज घर में हमें बताया कि हाजी बाबा में लड़कियों और लड़कों के हाई स्कूलों में भी फौजी आ गए हैं। अल्लाह खैर करे। मौलाना शाह दौरान ने अपनी घोषणा में ये भी कहा कि कल तीन चोरों को कोड़े लगाए जाएँगे, जो भी तमाशा करना चाहता है वह पहुँच जाए। मैं हैरान हूँ कि हमारे साथ इतना जुल्म हुआ है, फिर लोग क्यों तमाशा करने जाते हैं। फौज भी तालिबान को ऐसा करने से क्यों नहीं रोकती। मैंने देखा है कि जहाँ फौज होगी वहाँ तालिब होगा, मगर जहाँ तालिब होगा वहाँ फौजी नहीं जाएगा।

24 जनवरी : ऑनर बोर्ड पर शायद इस साल किसी का नाम न लिखा जाए

हमारे सालाना एग्जाम छुट्टियाँ खत्म होने के बाद होंगे, लेकिन यह उस वक्त होंगे जब तालिबान लड़कियों को स्कूल जाने की इजाजत दें। तैयारी करने के लिए हमें कुछ चैप्टर बताए गए हैं, मगर मेरा दिल पढ़ने को नहीं

कर रहा है। कल से फौज ने भी मिंगोरा में स्कूलों की हिफाजत के लिए कंट्रोल सँभाल लिया है। जब दर्जनों स्कूल तबाह हो गए और सैकड़ों बंद हुए तो अब जाके फौज को हिफाजत का खयाल आया। अगर वह सही ऑपरेशन करते तो यह नौबत पेश ही न आती। मुस्लिम खान ने कहा है कि वह उन स्कूलों पर हमला करेंगे जिनमें फौजी होंगे। अब तो स्कूल में फौजियों को देख कर हमारा डर और भी बढ़ जाएगा।

26 जनवरी 2009 : डर और टाफियों की बारिश

आज सुबह सवेरे तोप के गोलों की आवाजें सुन कर नींद से जाग उठी। बहुत ज्यादा गोलाबारी हुई है। पहले हम हेलीकॉप्टरों के शोर से डरते थे और अब तोप के गोलों से।

मुझे याद है कि जब ऑपरेशन शुरू हुआ था, उस वक्त जब पहली बार हेलीकॉप्टर हमारे घरों के ऊपर से गुजरे थे, तो हम डर के मारे छिप गए थे। मेरे मुहल्ले के तमाम बच्चों की यही हालत थी।

एक दिन हेलीकॉप्टरों से टॉफियाँ फेंकी गईं और फिर ये सिलसिला कई दिनों तक चलता रहा। अब मेरे भाई और मुहल्ले के दूसरे बच्चे ज्यों ही हेलीकॉप्टर की आवाज सुनते हैं, तो वह बाहर निकल कर टॉफियों के फेंके जाने का इंतजार करते हैं, लेकिन अब ऐसा नहीं होता।

थोड़ी देर पहले अब्बू ने खुशखबरी सुनाई कि वह हमें कल इस्लामाबाद लेकर जा रहे हैं। हम सब बहन-भाई बहुत खुश हैं।

28 जनवरी 2009 : मैंने अम्मी और अब्बू की आँखों में आँसू देखे

अब्बू ने अपना वायदा पूरा किया और हम कल ही इस्लामाबाद आ गए। रास्ते में बहुत डर लग रहा था, क्योंकि मैंने सुना था कि तालिबान रास्ते में तलाशी लेते हैं। लेकिन अच्छा हुआ कि हमारे साथ ऐसा नहीं हुआ। इसके बजाय फौज ने हमारी तलाशी ली। जब स्वात का इलाका खत्म हो गया तो हमारा डर खत्म हो गया। हम इस्लामाबाद में अब्बू के

एक दोस्त के साथ ठहरे हुए हैं। मैं पहली बार इस्लामाबाद आई हूँ। यह एक खूबसूरत शहर है, यहाँ बड़े-बड़े बँगले और साफ-सुथरी सड़कें हैं, लेकिन इसमें वह नेचुरल ब्यूटी नहीं जो मेरे स्वात में है।

अब्बू हमें लोक विरसा लेकर गए। यहाँ मेरी जानकारी में बहुत इजाफा हुआ। स्वात में भी इसी किस्म का म्यूजियम है लेकिन मालूम नहीं कि वह सुरक्षित रह भी सकेगा या नहीं? लोक विरसा से निकलकर अब्बू ने एक बूढ़े शख्स से हमारे लिए पॉपकॉर्न खरीदा। इस शख्स ने जब पश्तो में बात की तो अब्बू ने उससे पूछा कि क्या आप इस्लामाबाद के रहने वाले हैं तो उस बूढ़े शख्स ने जवाब दिया कि आपको क्या लगता है कि इस्लामाबाद पश्तूनों का हो सकता है?

इस शख्स ने बताया कि उसका ताल्लुक मुहम्मद एजेंसी से है जहाँ पर फौजी ऑपरेशन शुरू हो गया है। 'मैं घर-बार छोड़ कर यहाँ आया हूँ।' इस वक्त मैंने अब्बू और अम्मी की आँखों में आँसू देख लिए।

31 जनवरी 2009 : शटल कॉक पहनने से इनकार

स्वात की जंग से हमने सिर्फ इतना फायदा उठाया कि अब्बू ने जिंदगी में पहली बार हम सब घर वालों को मिंगोरा से निकाल कर अच्छे शहरों में खूब घुमाया-फिराया। हम कल इस्लामाबाद से पेशावर आ गए। वहाँ पर हमने अपने एक रिश्तेदार के घर में चाय पी और इसके बाद हमारा इरादा बनू जाने का था।

मेरा छोटा भाई, जिसकी उम्र पाँच साल है, हमारे रिश्तेदार के घर के आंगन में खेल रहा था। अब्बू ने जब उसे देख कर पूछा कि क्या कर रहे हो, बिचूड़ी (बच्चे) तो उसने कहा, 'मिट्टी से बाबा कब्र बना रहा हूँ।'

बाद में हम अड्डे गए और वहाँ से एक वैगन में बैठ कर बनू के लिए रवाना हो गए। वैगन पुरानी थी और ड्राइवर भी रास्ते में हॉर्न बहुत बजाया करता था। एक बार जब खराब सड़क के कारण से वैगन एक खड्डे में गिर गई तो उस वक्त अचानक हॉर्न भी बज गया तो मेरा एक दूसरा भाई, जो

दस साल का है, अचानक नींद से जाग उठा था। वह बहुत डरा हुआ था। जागते ही अम्मी से पूछने लगा, 'अबई (अम्मी), क्या कोई धमाका हो गया है।' रात को हम बनू पहुँच गए जहाँ मेरे अब्बू के दोस्त पहले से ही हमारा इंतजार कर रहे थे। मेरे अब्बू के दोस्त भी पश्तून हैं, मगर इनके घरवालों की जबान (बिनूसी लहजा) हमें पूरी तरह समझ नहीं आ रही है।

हम बाजार गए। फिर पार्क। यहाँ पर औरतें जब बाहर निकलती हैं, तो उन्हें टोपी वाला बुर्का (शटल कॉक) लाजमी पहनना होगा। मेरी अम्मी ने तो पहन लिया मगर मैंने इनकार कर दिया, क्योंकि मैं इसमें चल नहीं सकती हूँ। स्वात के मुकाबले में यहाँ शांति ज्यादा है। हमारे मेजबानों ने बताया कि यहाँ भी तालिबान हैं मगर जंगें इतनी नहीं होतीं जितनी स्वात में होती हैं। उन्होंने कहा कि तालिबान ने यहाँ भी लड़कियों के स्कूलों को बंद करने की धमकी दी थी, मगर फिर भी स्कूल बंद नहीं हुए।

1 फरवरी 2009 : स्वात के सैकड़ों लोगों के खून का हिसाब कौन लेगा?

बनू से पेशावर आते हुए रास्ते में मुझे स्वात से अपनी एक सहेली का फोन आया। वह बहुत डरी हुई थी, मुझ से कहने लगी, हालात बहुत खराब हैं, तुम स्वात मत आना। उसने बताया कि फौजी कार्रवाई चालू हो गई है और मोर्टार गोलों से सिर्फ आज सैंतीस लोग मरे हैं। शाम को हम पेशावर पहुँचे और बहुत थके हुए थे। मैंने एक न्यूज चैनल लगाया तो वह भी स्वात की बात कर रहा था। उसमें लोगों को घर छोड़ते हुए दिखाया गया। लोग पैदल जा रहे थे मगर वह खाली हाथ थे।

मैंने सोचा कि एक वह वक्त था जब बाहर से लोग मौज-मस्ती के लिए स्वात आया करते थे और आज स्वात के लोग अपने इलाके को छोड़ कर जा रहे हैं। मैंने दूसरा चैनल लगाया जिस पर एक औरत कह रही थी कि 'हम शहीद बेनजीर भुट्टो के खून का हिसाब लेंगे।' मैंने पास बैठे अब्बू से पूछा कि ये सैकड़ों स्वातियों के खून का हिसाब कौन लेगा?

3 फरवरी 2009 : स्कूल नहीं खुले, मैं बहुत गुस्से में हूँ

आज हमारे स्कूल खुलने का दिन था। सुबह उठते ही स्कूल बंद होने का खयाल आया तो खफा हो गई। इससे पहले जब भी स्कूल मुकर्रर तारीख पर न खुलता तो हम खुश हो जाया करते थे। इस दफा ऐसा नहीं है, क्योंकि मुझे डर है कि कहीं हमारा स्कूल तालिबान के हुक्म पर हमेशा के लिए बंद न हो जाए। अब्बू ने बताया कि प्राइवेट स्कूलों ने लड़कियों की तालीम पर पाबंदी के खिलाफ लड़कों के स्कूलों को आठ फरवरी तक न खोलने का ऐलान भी किया। अब्बू ने बताया कि लड़कों के प्राइवेट स्कूलों के दरवाजों पर ये नोटिस लगाया गया है कि स्कूल नौ फरवरी को खुल जाएँगे। उन्होंने बताया कि लड़कियों के स्कूल पर ये नोटिस नहीं लगा है, जिसका मतलब है कि हमारे स्कूल अब नहीं खुलेंगे।

7 फरवरी 2009 : बड़ी दाढ़ियाँ, लंबे बाल और तोप के गोले

दोपहर को मैं और मेरा छोटा भाई अब्बू के साथ मिंगोरा के लिए रवाना हो गए। अम्मी लोग पहले ही जा चुके थे। बीस दिन के बाद मिंगोरा जाते हुए खुशी भी हो रही थी और साथ में डर भी लग रहा था। मिंगोरा में दाखिल होने से पहले जब हम कंबर के इलाके से गुजर रहे थे, तो वहाँ पर अजीब किस्म की खामोशी थी। बड़ी-बड़ी दाढ़ियाँ और लंबे-लंबे बालों वाले कुछ लोगों के सिवा वहाँ पर कोई और नजर नहीं आया। शक्ल व सूरत से ये लोग तालिबान लग रहे थे। मैंने कुछ मकानों को भी देखा, जिन पर गोलों के निशानात थे। मिंगोरा में दाखिल हुए तो वहाँ पर भी पहले की तरह रश नहीं था। हम अम्मी के लिए तोहफा खरीदने शाह सुपर मार्केट गए तो वह भी बंद हो गया था, हालाँकि पहले मार्केट देर तक खुली रहती थी। बाकी दुकानें भी बंद हो गई थीं।

8 फरवरी : यूनिफॉर्म, बस्ते और जियोमेट्री बॉक्स देख कर दुःख हुआ

मैंने जब अपनी अलमारी खोली तो वहाँ पर पड़े स्कूल के यूनिफॉर्म,

बस्ते और जियोमेट्री बॉक्स को देख कर मुझे बहुत दुःख हुआ। कल तमाम प्राइवेट स्कूलों के ब्वायज सेक्शन खुल रहे हैं। हम लड़कियों की पढ़ाई पर तो तालिबान ने पाबंदी लगा रखी है।

मैंने जियोमेट्री बॉक्स खोला तो उसमें दो सौ रुपए पड़े थे। ये स्कूल के जुर्माने के पैसे हैं। जब कोई लड़की स्कूल न आती या कभी लेट आती तो उससे जुर्माने के पैसे लेने की जिम्मेदारी टीचर ने मेरी लगाई थी। अलमारी में हमारे क्लास के बोर्ड का मार्कर भी पड़ा था, जिसे मैं अपने साथ रखा करती थी। स्कूल की बहुत-सी बातें याद आईं, सबसे ज्यादा लड़कियों के आपस के झगड़े। मेरे छोटे भाई का स्कूल भी कल ही खुल रहा है, उसने बिल्कुल होमवर्क नहीं किया है। वह बहुत परेशान है और स्कूल जाना नहीं चाह रहा। अम्मी ने वैसे कल कर्फ्यू लगने की बात की तो उसने पूछा कि क्या कल सचमुच कर्फ्यू लग रहा है। अम्मी ने जब 'हाँ' कहा तो उसने खुशी से नाचना शुरू कर दिया।

10 फरवरी 2009 : महबूब या गुरबत वतन छोड़ने पर मजबूर करती है

स्वात में लड़कों के स्कूल खुल चुके हैं और तालिबान की तरफ से प्राइमरी तक लड़कियों के स्कूल जाने से पाबंदी उठाए जाने के बाद लड़कियों ने भी स्कूल जाना शुरू कर दिया है। हमारे स्कूल में पाँचवीं तक लड़के और लड़कियाँ एक साथ पढ़ते हैं।

मेरे छोटे भाई ने बताया कि आज उसके क्लास के उनचास में से सिर्फ छह बच्चे हाजिर थे, जिसमें से सिर्फ एक लड़की थी। असेंबली में भी सत्तर के करीब बच्चे थे। हमारे स्कूल की कुल तादाद सात सौ है। आज हमारी एक नौकरानी आई थी, जो हफ्ते में एक बार हमारे कपड़े धोने आती है। उसके साथ एक और औरत भी थी। नौकरानी का संबंध जिला अटक से है, लेकिन वह बरसों से यहाँ रह रही है। उन्होंने बताया, 'हालात बहुत खराब हैं और मेरे साहब ने कहा है कि तुम वापस अटक चली जाओ।'

उन्होंने कहा कि इतने बरसों तक यहाँ रह कर स्वात अब मुझे अपना घर जैसा लग रहा है। अपने शहर अटक जाते हुए मुझे लगता है कि मैं अपना शहर छोड़ कर एक अनजान शहर जा रही हूँ। उनके साथ जो औरत आई थी वह स्वात की है और उसने अम्मी को एक पश्तो टप्पा सुनाया।

आलम पे चार लह मुलक : न जी

या डेर गरीब शी या दयार लह गम : जी ना

इसका अर्थ है कि लोग मर्जी से अपना वतन नहीं छोड़ते, लेकिन बहुत ज्यादा मुसीबतें घर-बार छोड़ने को मजबूर करती हैं।

11 फरवरी 2009 : आत्मघाती हमले को प्रेशर कुकर का धमाका समझ लो

आज भी सारा दिन डर में गुजरा। बोरियत भी बहुत थी। घर में अब टेलीविजन भी नहीं है। जब हम सर्दियों की छुट्टियों में बीस दिन के लिए मिंगोरा से बाहर गए थे, तो उस वक्त घर में चोरी हो गई थी। पहले इस किस्म की चोरियाँ नहीं होती थीं, लेकिन जब से हालात खराब हुए हैं, ऐसे मामले भी बढ़ गए हैं।

शुक्र है हमारे घर में न नकदी थी और न ही सोना, मेरा ब्रेसलेट और पायल भी गायब थे लेकिन बाद में मुझे कहीं और नजर आए। शायद चोर सोना समझकर चुराना चाह रहे थे मगर बाद में उन्हें समझ आ गई होगी कि ये तो नकली हैं। मौलाना फजलुल्लाह ने पिछली रात एफएम चैनल पर अपनी तकरीर में कहा कि मिंगोरा में पुलिस स्टेशन पर जो आत्मघाती हमला हुआ था इसे प्रेशर कुकर का धमाका समझ लो, इसके बाद बड़ा देग फटेगा और फिर टैंकर का धमाका होगा।

रात को अब्बू ने स्वात में होने वाली तमाम घटना सुनाई। आजकल बातों में हमारी जबान पर फौजी, तालिबान, रॉकेट, गोलाबारी, शेलिंग, मौलाना फजलुल्लाह, मुस्लिम खाँ, पुलिस, हेलीकॉप्टर, हलाक, जख्मी जैसे शब्द ज्यादा होते हैं।

12 फरवरी 2009 : शुक्रवार को आत्मघाती हमले का सवाब ज्यादा होता है?

कल सारी रात लगातार गोलाबारी होती रही। इस हाल में भी मेरे दोनों भाई सोए हुए थे, मगर मुझे बिल्कुल नींद नहीं आ रही थी। मैं एक बार अब्बू के पास गई। वहाँ आराम नहीं आया फिर जाकर अम्मी के साथ लेट गई। इसके बावजूद थोड़ी देर के लिए आँख लग जाती लेकिन फिर दोबारा जाग उठती। इसलिए सुबह देर से जागी। दोपहर को ट्यूशन पढ़ाने वाला टीचर आया। इसके बाद कारी साहब ने आकर धार्मिक पाठ पढ़ाया। शाम तक भाइयों के साथ कभी लड़कर कभी सुलह कर के खेलती रही। टीवी न होने से कुछ देर तक कंप्यूटर पर गेम भी खेलती रही।

जब तालिबान ने केबल पर पाबंदी नहीं लगाई थी उस वक्त स्टार प्लस के ड्रामे देखा करती थी। इसमें 'राजा की आएगी बारात' वाला ड्रामा मुझे बहुत पसंद था। मुझे कॉमेडी भी बहुत पसंद है। पाकिस्तानी चैनल जियो का मजाकिया प्रोग्राम 'हम सब उम्मीद से हैं' को भी मैं बहुत शौक से देखा करती थी।

आज बृहस्पतिवार है यानी शब-ए-जुमा है। इसलिए मुझे डर भी बहुत लग रहा है, क्योंकि लोग कहते हैं कि अक्सर देखा गया है शब-ए-जुमा या जुमा के दिन आत्मघाती हमले ज्यादा होते हैं। वह कहते हैं कि आत्मघाती हमलावर समझता है कि इस्लामी तौर पर ये एक मुकद्दस दिन है और इस रोज हमला करने से उसे सवाब ज्यादा मिलेगा।

13 फरवरी 2009 : मौलाना फजलुल्लाह रोते रहे

आज मौसम बहुत अच्छा था। बहुत ज्यादा बारिश हुई और जब बारिश होती है, तो मेरा स्वात और भी खूबसूरत लगता है। मगर सुबह जागते ही अम्मी ने बताया कि आज किसी ने रिक्शा ड्राइवर और बूढ़े चौकीदार को कत्ल कर दिया है। यहाँ अब जिंदगी बद से बदतर होती जा रही है।

आस-पास के इलाके से रोजाना सैकड़ों लोग मिंगोरा आ रहे हैं, जबकि

मिंगोरा के लोग दूसरे शहरों की तरफ चले गए हैं। जो अमीर हैं वह स्वात से बाहर गए हैं और जो गरीब हैं वह यहाँ से कहीं और जा नहीं सकते।

हमने अपने तायाजी के बेटे को फोन किया था कि वह इस अच्छे मौसम में अपनी गाड़ी में हमें मिंगोरा का चक्कर लगवाएँ। वह आया लेकिन जब हम बाहर निकले तो बाजार बंद था, सड़कें सुनसान थीं। हम कंबर के इलाके की तरफ जाना चाह रहे थे कि किसी ने बताया कि वहाँ एक बहुत बड़ा जुलूस निकला हुआ है। रात को एफएम स्टेशन पर मौलाना फजलुल्लाह ने अपनी बात कही और वह देर तक रोते रहे। वह ऑपरेशन बंद होने का अफसोस कर रहे थे। उन्होंने लोगों से कहा कि वह पलायन न करें, बल्कि अपने घरों में वापस आ जाएँ।

15 फरवरी 2009 : डरो मत यह शांति के लिए फायरिंग है

आज पेशावर और गाँवों से मेहमान आए हुए थे। दोपहर को जब हम खाना खा रहे थे कि बाहर बहुत ज्यादा फायरिंग शुरू हुई। इतनी जबरदस्त फायरिंग मैंने इससे पहले कभी नहीं सुनी थी। हम सब डर गए, सोचा कि शायद तालिबान आ गए हैं। मैं भाग कर अब्बू के पास गई। उन्होंने कहा, 'डरो मत यह शांति के लिए फायरिंग है।'

अब्बू ने बताया कि आज अखबार में आया है कि कल हुकूमत और तालिबान के बीच स्वात के बारे में शांति समझौता हो रहा है। इसलिए लोग खुशी से फ़ायरिंग कर रहे हैं। लेकिन रात को जब तालिबान के एफएम पर भी शांति समझौता होने का ऐलान हुआ तो दोपहर से भी ज्यादा जबरदस्त फायरिंग हुई। क्योंकि लोग हुकूमत से ज्यादा तालिबान के ऐलान पर यकीन करते हैं। जब हमने भी यह ऐलान सुना तो पहले अम्मी रोने लगी, फिर अब्बू, मेरे और दो छोटे भाइयों की आँखों से भी आँसू निकल गए। आज मैं सुबह उठते ही बहुत ज्यादा खुश थी क्योंकि हुकूमत और तालिबान के बीच शांति समझौता जो हो रहा था। आज हेलीकॉप्टर की परवाज भी बहुत ज्यादा नीचे थी। मेरे एक कजन ने कहा कि जैसे-जैसे अमन आ रहा

है वैसे-वैसे हेलीकॉप्टर की परवाज भी नीचे हो रही है। दोपहर को शांति समझौते की खबर सुनकर लोगों ने मिठाइयाँ बाँटीं। मेरी एक सहेली ने मुझे मुबारकबाद का फोन किया। उसने कहा कि अब उसे घर से निकलने का मौका मिलेगा, क्योंकि वह कई महीनों से एक ही कमरे में बंद रही है। हम दोनों इस बात पर भी बहुत खुश थे कि शायद अब लड़कियों के स्कूल दोबारा खुल जाएँ।

17 फरवरी 2009 : शहर की रौनक दोबारा लौट आई

आज से मैंने परीक्षा की तैयारियाँ दोबारा शुरू कर दी हैं, क्योंकि शांति समझौते के बाद लड़कियों के स्कूल दोबारा खुलने की उम्मीद पैदा हो गई है। आज मुझे ट्यूशन पढ़ाने वाली टीचर भी नहीं आईं, क्योंकि वह किसी मँगनी में शिरकत करने गई थीं।

मैं जब अपने कमरे में आई तो मेरे दो छोटे भाई आपस में खेल रहे थे। एक के पास खिलौने वाला हेलीकॉप्टर था और दूसरे ने कागज से बंदूक बनाई हुई थी। एक कह रहा था कि फायर करो, दूसरा फिर कहता पोजीशन सँभालो। मेरे एक भाई ने अब्बू से कहा कि 'मैं एटम बम बनाऊँगा।' आज स्वात में मौलाना सूफी मुहम्मद भी आए हुए हैं। मीडिया वाले भी ज्यादा तादाद में आए हैं। शहर में बहुत ज्यादा रश है। बाजार की रौनक वापस लौट आई है। खुदा करे कि इस बार शांति समझौता कामयाब हो। मुझे तो बहुत ज्यादा उम्मीद है लेकिन फिर भी अगर और कुछ नहीं हुआ तो कम-से-कम लड़कियों के स्कूल तो खुल जाएँगे।

18 फरवरी 2009 : शांति की उम्मीद टूट गई

आज मैं बाजार गई थी, वहाँ बहुत ज्यादा रश था। लोग शांति समझौते पर बहुत खुश थे। आज बहुत अरसे के बाद मैंने बाजार में ट्रैफिक जाम देखा मगर रात को अब्बू ने बताया कि स्वात के एक सहाफी को अज्ञात कातिल ने कत्ल कर दिया है। अम्मी की तबीयत बहुत खराब हो गई। हम सब की अमन आने की उम्मीदें भी टूट गईं।

19 फरवरी 2009 : जंग की नहीं शांति की बातें

आज अब्बू ने नाश्ता तैयार करके दिया, क्योंकि अम्मी की तबीयत कल से ही खराब है। उन्होंने अब्बू से गुल्ला भी किया कि उन्हें सहाफी की मौत की खबर क्यों सुनाई। मैंने छोटे भाइयों को कहा कि हम अब जंग की नहीं शांति की बातें करेंगे। आज पता चला कि हमारी हेडमिस्ट्रेस ने ऐलान किया है कि गर्ल्स सेक्शन की परीक्षा मार्च के पहले हफ्ते में होंगी। मैंने भी आज से एग्जाम की तैयारी और तेज कर दी है।

21 फरवरी 2009 : तालिबान ने लड़कियों के स्कूलों से पाबंदी उठा ली

स्वात में हालात धीरे-धीरे सही हो रहे हैं। फायरिंग और तोपखाने के इस्तेमाल में भी बहुत हद तक कमी आई है। लेकिन लोग अब भी डरे हुए हैं कि कहीं शांति समझौता टूट न जाए। लोग ऐसी अफवाहें भी फैला रहे हैं कि तालिबान के कुछ कमांडर इस समझौते को नहीं मान रहे हैं और कहते हैं कि हम आखिरी दम तक लड़ेंगे।

ऐसी अफवाहें सुनकर दिल धड़कने लगता है। आखिर वह ऐसा क्यों कर रहे हैं। वह कहते हैं कि हम जामिया हफसा और लाल मस्जिद का बदला लेना चाहते हैं, लेकिन इसमें हमारा क्या कसूर है? जिन्होंने ये ऑपरेशन किया था उनसे ये लोग क्यों बदला नहीं लेते। अभी कुछ देर पहले मौलाना फजलुल्लाह ने एफएम पर ऐलान किया कि लड़कियों के स्कूल पर पाबंदी का फैसला वापस लेते हैं। उन्होंने कहा कि लड़कियाँ परीक्षा तक जो सत्रह मार्च से शुरू हो रही हैं स्कूल जा सकती हैं मगर उन्हें पर्दा करना होगा। मैं ये सुनकर बहुत ज्यादा खुश हुई। मैं यकीन नहीं कर सकती थी कि ऐसा भी कभी हो सकेगा।

22 फरवरी 2009 : ख्वातीन मार्केट सुनसान पड़ी थी

आज हम शॉपिंग करने के लिए ख्वातीन मार्केट गए। रास्ते में हमें बहुत ज्यादा डर महसूस हो रहा था, क्योंकि तालिबान ने औरतों की

बाजारों में शॉपिंग करने पर पाबंदी लगा रखी है। हम मिंगोरा की चीना मार्केट गए, जहाँ पर सिर्फ औरतों की जरूरत की चीजें बिकती हैं। मार्केट में दाखिल होते ही हैरान हो गए कि वहाँ पर चंद ही औरतें शॉपिंग करने आई थीं। पहले जब हम यहाँ आते थे तो औरतों का इतना ज्यादा रश होता था कि वह एक-दूसरे को धक्का देकर अपने लिए रास्ता बनाती थीं। मार्केट में कुछ दुकानें बंद थीं और बाज पर लिखा हुआ था, 'दुकान बराए फरोख्त।' और जो खुली भी थीं तो उनमें सामान कम पड़ा था और वह भी बहुत पुराना।

23 फरवरी 2009 : स्कूल खुल गए

मैं आज उठते ही बहुत ज्यादा खुश थी कि आज स्कूल जाऊँगी। स्कूल गई तो देखा कुछ लड़कियाँ यूनिफार्म और बाज घर के कपड़ों में आई हुई थीं। असेंबली में ज्यादातर लड़कियाँ एक-दूसरे से गले मिल रही थीं और बहुत ज्यादा खुश दिखाई दे रही थीं। असेंबली खत्म होने के बाद हेडमिस्ट्रेस ने बताया कि तुम लोग पर्दे का जरूरी खयाल रखा करो और बुर्का पहन कर आया करो क्योंकि तालिबान ने लड़कियों के स्कूल जाने की इजाजत देने में ये शर्त भी रखी है कि लड़कियाँ पर्दे का खयाल रखें। हमारी क्लास में सिर्फ बारह लड़कियाँ आई थीं, क्योंकि कुछ स्वात से मकान खाली कर चुकी हैं और कुछ ऐसी हैं जिन्हें उनके माता-पिता डर की वजह से स्कूल जाने की इजाजत नहीं दे रहे हैं। मेरी चार सहेलियाँ पहले ही स्वात छोड़ कर जा चुकी हैं और आज एक और ने भी कहा कि वह लोग भी रावलपिंडी जा रहे हैं। मैं बहुत डरी हुई और उनसे कहा भी कि अब तो वह रुक जाएँ, क्योंकि शांति समझौता हो गया है और हालात भी आहिस्ता-आहिस्ता ठीक हो रहे हैं मगर वह कह रही थीं कि नहीं, हालात का कोई भरोसा नहीं।

मुझे बहुत दुःख हुआ कि मेरी चार सहेलियाँ पहले ही जा चुकी हैं और सिर्फ एक रह गई थी, वह भी छोड़ कर जा रही है।

25 फरवरी 2009 : मत उठाओ ताकि मौलाना फजलुल्लाह का कलेजा ठंडा हो सके

अम्मी बीमार हैं और अब्बू किसी मीटिंग के सिलसिले में स्वात से बाहर गए हुए हैं। इसलिए सुबह मैंने ही नाश्ता तैयार किया और फिर स्कूल गई। आज हमने क्लास में बहुत ज्यादा मस्ती की। वैसे खेले जैसे पहले खेला करते थे।

आजकल हेलीकॉप्टर भी ज्यादा नहीं आते और हमने भी फौज और तालिबान के बारे में ज्यादा बातें करना छोड़ दिया है। शाम को अम्मी, मेरी कजन और मैं बुर्का पहन कर बाहर गए। एक जमाने में मुझे बुर्का पहनने का बहुत शौक था लेकिन अब इससे तंग आई हुई हूँ क्योंकि मुझसे इसमें चला नहीं जा सकता। स्वात में आजकल एक बात मशहूर हो गई है कि एक दिन एक औरत शटल कॉक बुर्का पहन कर कहीं जा रही थी कि रास्ते में गिर पड़ी। एक शख्स ने आगे बढ़ कर जब उसे उठाना चाहा तो औरत ने मना करते हुए कहा, 'रहने दो भाई, मत उठाओ ताकि मौलाना फजलुल्लाह का कलेजा ठंडा हो जाए।'

हम जब मार्केट में उस दुकान में दाखिल हुए जिसमें अक्सर शॉपिंग करते हैं तो दुकानदार ने हँसते हुए कहा कि मैं तो डर गया कि कहीं तुम लोग आत्मघाती हमला तो करने नहीं आए हो। वह ऐसा इसलिए कह रहे थे कि इससे पहले एक-आध वाकया ऐसा हुआ भी है कि आत्मघाती हमलावर ने बुर्का पहन कर हमला किया है।

27 फरवरी 2009 : अपने गाँव की याद आ रही है

आज स्कूल गई तो अपनी दो सहेलियों को देखकर बेहद खुशी हुई। ऑपरेशन के दौरान दोनों रावलपिंडी चली गई थीं। इन्होंने बताया कि रावलपिंडी में शांति भी थी और जिंदगी की जरूरी सहूलियत भी अच्छी थी मगह हम इंतजार कर रहे थे कि कब स्वात में शांति आएगी और स्कूल खुलेंगे ताकि हम वापस चले जाएँ।

आज हमारी एक टीचर मोटरवे के बारे में पाठ पढ़ा रही थीं और वह मिसाल देने के लिए स्वात के चहार बाग के इलाके का नाम बार-बार लेती रहीं। मैंने पूछा - मैडम, आप बार-बार चहार बाग की मिसाल दे रही हैं, तो उन्होंने कहा कि मैं चहार बाग में रहती थी। वहाँ घर पर मोर्टार गोले लगे तो हम मिंगोरा में आ गए। अब अपने चहार बाग की बहुत याद आ रही है। इसलिए मेरी ज़बान पर इसका नाम आ जाता है। हमारे मुहल्ले से भी लोगों ने अपना घर बदला था और आज एक पड़ोसी पुराने घर में वापस आ गए।

2 मार्च 2009 : दिन को मजदूर और रात को तालिब बन जाता है

हमारी क्लास में लड़कियों की संख्या धीरे-धीरे बढ़ रही है। आज सत्ताइस में से उन्नीस लड़कियाँ आई हुई थीं। नौ मार्च से परीक्षाएँ शुरू हो रही हैं। इसलिए हम ज्यादा वक्त पढ़ने में गुजारने की कोशिश करते हैं।

आज सहेली के साथ चीना मार्केट गई थी और वहाँ मैंने खूब शॉपिंग की, क्योंकि वहाँ एक दुकानदार अपनी दुकान खत्म कर रहा है। वह कम कीमत पर चीजें बेच रहा है। चीना मार्केट में ज्यादातर दुकानें अब बंद हो गई हैं। आजकल मोर्टार गोलों की आवाजें भी खत्म हो गई हैं। लिहाजा रात को अच्छी तरह से सो जाते हैं। सुना है कि तालिबान अब भी अपने इलाकों में कार्रवाइयाँ करते हैं। वह बेघर होने वाले लोगों के लिए आने वाला दान के सामान भी लूट लेते हैं। मेरी एक सहेली ने कहा कि उसके भाई ने अपने एक जानने वाले को एक रात तालिबान के साथ गाड़ियों की तलाशी लेते हुए देखा तो हैरान हुआ। उसके भाई का कहना था कि यह लड़का सुबह को मजदूरी करता है और रात को तालिबान के साथ होता है। उसने कहा कि मैंने उससे पूछा कि मैं तो तुम्हें जानता हूँ, तुम तो तालिब नहीं हो फिर ऐसा क्यों कर रहे हो। उसने जवाब दिया कि सुबह को मजदूरी करके कमाता हूँ और रात को तालिबान के साथ होता हूँ तो

अच्छा-खासा खर्चा निकल आता है और घर के लिए खाने-पीने की चीजें भी मिल जाती हैं।

3 मार्च 2009 : शांति समझौता दरअसल जंग के बीच आराम करने का समय मात्र है

मेरे छोटे भाई को स्कूल जाना पसंद नहीं है। वह सुबह स्कूल जाते वक्त रोता है और वापसी पर हँसता है। लेकिन आज रोते हुए वापस आया तो अम्मी ने रोने की वजह पूछी। वह कहने लगा कि मुझे स्कूल से आते वक्त डर लग रहा था। जब भी कोई शख्स नजर आता तो मैं डर जाता कि कहीं वह मुझे अगवा न कर ले।

मेरा यह छोटा भाई अक्सर दुआ करता है कि 'ए अल्लाह स्वात में शांति ले आना। अगर नहीं आता तो फिर अमरीका या चीन को यहाँ ले आना।' स्वात में आज फिर तालिबान और फौज के दरम्यान लड़ाई हुई है। कुछ दिनों से ऐसे घटनाक्रम हो रहे हैं। आज मैंने कई दिनों बाद पहली बार मोर्टार गोलों की आवाजें सुनीं। लोगों में फिर आत्मघाती कहर टूटने का डर पैदा हो गया है। कुछ लोग कहते हैं, 'दरअस्ल शांति समझौता जंग के बीच थोड़ा आराम करने का समय मात्र है।'

4 मार्च 2009 : तालिबान एफएम बंद होगा तो शांति आएगी

आज क्लास में टीचर ने पूछा कि तुम में से कौन-कौन तालिबान का एफएम सुनता है तो ज्यादातर लड़कियों ने कहा कि अब सुनना छोड़ दिया है। लेकिन कुछ लड़कियाँ अब भी सुन रही हैं। लड़कियों का खयाल था कि जब तक एफएम चैनल बंद नहीं होता तब तक शांति नहीं आ सकती।

तालिबान कहते हैं कि वह एफएम चैनल को दरस-ए-कुरआन के लिए इस्तेमाल करते हैं लेकिन कमांडर खलील इब्तदा में कुछ देर के लिए दरस-ए-कुरान देना शुरू कर देते हैं मगर आहिस्ता से मौजू बदल कर अपने मुखालफीन को धमकियाँ देना शुरू कर देते हैं। जंग, तशद्दुद और कत्ल की सभी घोषणाएँ एफएम से होती हैं।

आज हम जब रीसेस के दौरान क्लास से बाहर निकले तो फिजा में हेलीकॉप्टर नजर आया। जहाँ खेल का मैदान है, वहाँ पर हेलीकॉप्टर की परवाज बहुत नीची होती है। लड़कियों ने फौजियों को आवाजें दीं और वह भी जवाब में हाथ हिलाते रहे। फौजी अब हाथ हिलाते हुए थके हुए मालूम हो रहे हैं, क्योंकि ये सिलसिला लगभग दो सालों से जारी है।

9 मार्च 2009 : तालिबान अब गाड़ियों की तलाशी नहीं लेते

आज से हमारी परीक्षाएँ शुरू हो रही हैं। लिहाजा उठते ही बहुत परेशान थी। अम्मी और अब्बू हमारे किसी रिश्तेदार की फातिहा ख्वानी के लिए गाँव गए हुए हैं। इसलिए आज मैंने खुद ही छोटे भाइयों के लिए नाश्ता तैयार किया। मेरा साइंस का पेपर बहुत अच्छा हुआ। दस सवालों में से आठ करने थे मगर मुझे दस के दस याद थे। जब घर वापस आई तो अम्मी अब्बू को घर में पाकर बहुत खुश हुई। अम्मी ने बताया कि वह तालिबान के जेर-ए-कंट्रोल इलाके से होकर गाँव गए थे। वहाँ तालिबान लड़ाके नजर आ तो रहे थे, लेकिन वह पहले की तरह गाड़ियों की तलाशी नहीं ले रहे थे।

10 मार्च 2009 : मौलाना शाह दौरान गाँव वापस आ गए

आज जब मैं स्कूल से वापस आ रही थी तो मेरी एक सहेली ने मुझ

से कहा कि सर अच्छी तरह ढाँप कर जाओ नहीं तो तालिबान सजा दे देंगे। आज भी मिंगोरा के करीब कंबर के इलाके में सिक्योरिटी फोर्सेज पर फायरिंग हुई है। तालिबान के एफएम चैनल पर घोषणाएँ करने वाले मौलाना शाह दौरान भी आज अपने गाँव कंबर से वापस आ गए हैं। कहते हैं कि वहाँ के तालिबान ने उनका स्वागत किया। तालिबान ने अब भी लोगों से कहा है कि वह नमाजें पढ़ा करें और औरतें पर्दे का खास खयाल रखें।

11 मार्च 2009 : बहुत अर्से बाद गाने सुने

आज का पेपर भी अच्छा हुआ और खुश हूँ कि कल छुट्टी है। आज मैंने और दो छोटे भाइयों ने चूजे खरीदे मगर मेरे चूजे को सर्दी लग गई है और बीमार हो गया। अम्मी ने उसे गर्म कपड़े में रख दिया है।

आज बाजार भी गई जहाँ बहुत ज्यादा रश था। कहीं-कहीं पर ट्रैफिक भी जाम था। पहले रात होते ही बाजार बंद हो जाता लेकिन अब रात देर तक खुला रहता है। आज मैंने रेडियो ऑन किया तो हैरत हुई कि एक औरत प्रोग्राम कर रही थी और लोग फोन पर अपनी पसंद के गाने की फरमाइश कर रहे थे। अब्बू ने बताया कि यह हुकूमत का चैनल है। बहुत अर्से बाद मैंने रेडियो पर पश्तो के गाने सुने। दूर-दराज से लोग फोन करते हैं। एक लड़के ने तो बलूचिस्तान से फोन किया।

12 मार्च 2009 : जन्नत में हूरें अनीस का इंतजार कर रही हैं

मेरा दो दिनों से गला खराब है, लिहाजा अब्बू मुझे डॉक्टर के पास ले गए। वहाँ वेटिंग रूम में दो औरतें भी बैठी हुई थीं और दोनों का संबंध कंबर के इलाके से था। इन में से एक ने बताया कि उनके इलाके में अब भी तालिबान का कंट्रोल है। उन्होंने कुछ लोगों को सजाएँ भी दी हैं। औरत ने अपने मुहल्ले के एक लड़के का वाकया भी सुनाया। उन्होंने कहा कि मुहल्ले में एक लड़का है, जिसका नाम अनीस है। वह तालिबान का साथी था। एक दिन उसके तालिबान साथी ने उसे बताया कि उसने एक ख्वाब देखा है जिसमें जन्नत की हूरों ने उससे कहा कि 'हमें अनीस का इंतजार है।' औरत

ने बताया कि यह बात सुनकर अनीस बहुत खुश हुआ और अपने पिता के पास गया और कहा कि हूरें उनका इंतजार कर रही हैं और वह 'आत्मघाती हमला' करके 'शहीद' होना चाहता है। माँ-बाप ने उसको इजाजत नहीं दी तो उसने कहा कि वह अफगानिस्तान जाकर जिहाद करना चाहता है।

औरत के बकौल घर वालों ने लड़के को इजाजत नहीं दी मगर लड़का घर से भाग गया और कल डेढ़ साल बाद स्वात के तालिबान ने उनके घर वालों को बताया कि अनीस स्वात में सिक्योरिटी फोर्सेज पर आत्मघाती हमले में मारा गया है। **(मलाला की मूल डायरी का एक अंश)**

अमेरिकी राष्ट्रपति बराक ओबामा के साथ मलाला

मलाला पर हमले की कहानी

जैसा कि हम पहले ही लिख चुके हैं कि पाकिस्तान के स्वात जिले के मिंगोरा शहर की रहने वाली हैं मलाला। इसे स्वात घाटी के नाम से भी जाना जाता है। यह स्थान अत्यंत सुन्दर है। इस घाटी में चरमपंथियों का, जो कि अपने ही लोग हैं, कब्जा हो गया। इनके संगठन को साधारण शब्दों में तालिबानी कहा जाता है। एकदम पिछड़ी हुई सोच, अपने आगे किसी की न सुनने वाले, बच्चियों और महिलाओं को अपना गुलाम समझकर उनको मूलभूत अधिकारों से भी वंचित करने वाले, बात-बात पर फतवे जारी करके उन्हें मानने के लिए बाध्य करने वाले और उन फतवों को न मानने वालों की जिंदगी ले लेने वाले। दूसरे शब्दों में इन्हें आतंकवादी कहा जाता है। 2007 से 2009 तक स्वात घाटी इन्हीं आतंकवादियों के कब्जे में रही। यह संगठन नहीं चाहता की लोग पढ़-लिख कर जागरुक बनें, विश्व के अन्य देशों के साथ कदम-से-कदम मिलाकर चलें। इस संगठन का मानना है कि यदि लोग जागरुक हो गए तो उनका नियंत्रण कमजोर हो जाएगा। इन्हीं विचारों के तहत इस संगठन ने घाटी में टेलीविजन देखने, संगीत सुनने, खुले स्थानों पर खेलने, महिलाओं की खरीददारी के साथ-साथ लड़कियों की शिक्षा पर प्रतिबंध लगा दिया। ये आतंकी सोचते हैं कि लड़कियों को पढ़ाना नहीं चाहिए, क्योंकि लड़कियाँ पढ़-लिख गई तो वे पुरुषों से आगे निकल जाएँगी और उनके अधिकार कम हो जाएँगे। सच में ये आतंकी कितनी घटिया सोच रखते हैं और इसी सोच के कारण उन्होंने मलाला को इस दुनिया से उठाने की ही योजना बना डाली।

वह 9 अक्टूबर 2012 का दिन था, जो मलाला के लिए अच्छा नहीं रहा। उन दिनों स्कूल में छमाही परिक्षाएँ चल रही थीं, चूँकि मलाला किताबों का कीड़ा कही जाती थी, अतः इन परिक्षाओं के प्रति अन्य लड़कियों की तरह वह चिन्तित नहीं थी। अन्य दिनों की भाँति उस दिन भी वह संकरी और कीचड़ भरी हाजी बाबा रोड़ से स्कूल गई। स्कूल में सारे दिन पढ़ाई करती रही और शिक्षिकाओं के प्रश्नों के उत्तर देती रही। उस दिन शिक्षा सत्र का अंतिम दिन था और वह बहुत खुश थी। स्कूल की छुट्टी हो जाने पर सभी बच्चे घर जाने के लिए बेचैन थे और स्कूल के असिस्टेंट बाबा शेर मोहम्मद का इन्तजार कर रहे थे कि कब वे आकर कहें कि बस आ गई है और बच्चों जल्दी से उसमें बैठो। बस हरेक दिन दो चक्कर लगाती थी। उस दिन वह बस आई और एक चक्कर लगाने ले गई, लेकिन उसमें मलाला और उसकी कुछ सहेलियाँ नहीं बैठी। जब बस दूसरे चक्कर के लिए आई तो मलाला उसमें बैठ गई। बस में सभी लड़कियाँ अपने-अपने स्कार्फ से चेहरा ढक कर बैठ गई। मलाला स्कार्फ से केवल सर ढकती थी, चेहरा नहीं। बस तो उसका नाम था, परंतु वास्तव में वह ट्रक था। उसमें तीन बेंच लगी रहती थी, दो अगल-बगल और एक बीच में। बस में कुल 20 लड़कियों और 3 टीचर्स के लिए जगह होती थी। उस दिन भी बस सबको लेकर रवाना हुई। आर्मी चेक प्वांइट से होकर क्रिकेट मैदान के किनारे-किनारे बस आगे बढ़ी। अभी बस आर्मी चेक प्वाइंट से 200 मीटर ही आगे बढ़ी थी कि एक वैन ने उस बस का रास्ता रोक लिया। बच्चों ने देखा कि एक दाढ़ी वाला आदमी जो हल्के रंग के कपड़े पहने हुए था, ड्राइवर उस्मान भाई की ओर आया और बोला, "क्या यह बस खुशहाल पब्लिक स्कूल की है?"

उस्मान भाई ने सोचा कि यह कैसा बेवकूफी भरा सवाल है, क्योंकि स्कूल का नाम तो बस में मोटे-मोटे अक्षरों में लिखा हुआ है, फिर भी बोले, "हाँ, यह बस खुशहाल स्कूल की है।"

“मुझे कुछ बच्चों के बारे में जानकारी चाहिए।” वह आदमी बोला, “और वह भी सच-सच।”

“स्कूल में जाकर पता कर लो।” उस्मान अली ने कहा, “इस बस के बच्चे भला आपको क्या जानकारी दे सकते हैं?”

“क्यों नहीं देंगे ये जानकारी?”

“तो फिर ले लो ना, रोका किसने है तुम्हें?” ड्राइवर ने आक्रोशभरे शब्दों में कह ही दिया था।

इतना सुनते ही वह आदमी बस में चढ़ गया, जो देखने में खूख्वार लग रहा था। बस में चढ़ते ही उसने रोबदार शब्दों का इस्तेमाल किया, “बच्चों तुममें से मलाला कौन है?”

बस में बैठी कोई भी लड़की कुछ नहीं बोली, यद्यपि सबकी निगाह मलाला की ओर उठ गईं। उस समय मलाला अकेली लड़की थी, जिसका चेहरा स्कार्फ से नहीं ढका हुआ था। उसकी एक ओर उसकी सहेली मोनिबा और दूसरी ओर साजिया नाम की लड़की बैठी हुई थी। उन सबने अपने हाथों में परीक्षा के कागज ले रखे थे। जब कोई लड़की नहीं बोली, तो मलाला को ही बोलना पड़ा, “बोलो जनाब मलाला से क्या काम है?”

“काम बाद में पता चलेगा, पहले मलाला का पता तो चल जाए।”

“हाँ मैं ही मलाला हूँ, अब बोलो क्या काम है?”

“तुमसे काम यही है कि तुम्हारी यहाँ इस दुनिया में अब कोई जरूरत नहीं है।”

“मललब!” फिर वह साहस करके बोली, “क्या बकते हो तुम?”

“तुम्हें अल्ला मियाँ ने याद फरमाया है।” इतना कहते हुए वह नवयुवक जैसे ही बंदूक निकाल कर मलाला को निशाना बनाने के लिए आगे बढ़ा तो मलाला सीट से उठ खड़ी हुई और उस पर झपट पड़ी, लेकिन इसी दौरान उस युवक ने एक के बाद एक तीन फायर मलाला की खोपड़ी की ओर कर दिए।

पहली गोली मलाला की बाईं आँख को जख्मी करते हुए उसके बाएँ कंधे पर लगी। मलाला "या अल्ला" कहते हुए मोनिबा के ऊपर लुढ़क गई। उसके बाएँ कान से खून की धार बह रही थी। अगली गोली साजिया और तीसरी गोली कायनात रियाज नाम की लड़की को लगी। लेकिन मलाला बेहोश हो चुकी थी।

जब ड्राइवर ने देखा कि बस में चढ़ने वाले उस संदिग्ध युवक ने बस में गोलियाँ चलाकर कई लड़कियों को घायल कर दिया तो वह उसे पकड़ने दौड़ा, लेकिन हमलावर भागने में सफल हो गया। ड्राइवर आनन-फानन में

बस को तीव्र गति से दौड़ाता हुआ पास के अस्पताल ले गया।

मलाला के ऊपर मंगलवार की दोपहर में हमला हुआ था और बृहस्पतिवार आते-आते उसके पिता को यह आभास होने लगा था कि मलाला की मौत हो चुकी है। उन्होंने तो मलाला के चाचा को यह भी कह दिया था कि गाँव में मलाला को दफनाने की तैयारी की जाए। मलाला के पिता ने जब अपनी बेटी के शरीर में चारों ओर से नलियाँ और ड्रिप्स लगी देखी तो उन्हें भरोसा हो गया कि मेडिकली रूप से मलाला की मौत हो चुकी है। अब केवल घोषणा होनी शेष है। फिर उनका मन कहता रहा कि अभी तो मेरी बच्ची 15 वर्ष की ही है, क्या उसे इतनी छोटी जिंदगी मिली है। उधर मलाला की माँ लगातार कुरान लेकर प्रार्थना व्यक्त कर रही थी। वह उन पंक्तियों को लगातार पढ़ती थी, जिनमें खुदा की महिमा का वर्णन किया गया है। वे बिलकुल नहीं सो पा रही थी। वह मलाला के पिता से कहती थी, "मेरी बच्ची को कुछ नहीं होगा। वह जिंदा रहेगी, लेकिन कब और कैसे हमें नहीं पता।" मलाला के पिता निराशा में डूब उतरा रहे थे, जबकि उसकी माँ मलाला की जिंदगी को लेकर आश्वस्त थी।

इसी दौरान मलाला का जिस स्थानीय अस्पताल में इलाज चल रहा था उनकी ओर से कहा गया कि बच्ची को बचाना है, तो किसी बड़े शहर में ले जाने की व्यवस्था कर लीजिए। इधर इस मसले को लेकर मीडिया में भी लगातार खबरें आनी शुरू हो गई थीं। मीडिया की कवरेज से सरकार सहम गई और मलाला को लेकर सरकार एवं आर्मी सचेत हो उठी। इस कारण मलाला को हेलीकॉप्टर के माध्यम से पेशावर के आर्मी अस्पताल में ले जाया गया। मलाला हेलीकॉप्टर में पहली बार बैठी थी, लेकिन वह भी बेहोशी की अवस्था में। उसे स्वयं पता नहीं था कि उन्हें हेलीकॉप्टर द्वारा ले जाया जा रहा है। वहाँ कई अच्छे चिकित्सकों ने उसका उपचार करना शुरू किया। उसके चिकित्सकों में डॉ. जुनैद काफी समझदार थे, जो उसकी बराबर देखभाल कर रहे थे।

आर्मी अस्पताल में भर्ती होने के बाद अगले दिन जब डॉ. जुनैद मलाला को चेक करने आए तब मलाला के पिता अपना धीरज खो बैठे। उन्होंने डॉक्टर से पूछ लिया था, "डॉक्टर साहब क्या मलाला बच जाएगी?"

"क्या आपको खुदा पर विश्वास है?" डॉक्टर ने प्रत्युत्तर कहा।

"हाँ।"

"तो फिर अपने खुदा पर भरोसा रखो। वह सबकी प्रार्थना सुनता है और उनका उत्तर देता है।"

मिलिट्री मलाला को लेकर काफी चिंतित हो उठी थी और उसे लग रहा था कि यदि मलाला को कुछ हो गया तो कहीं देश में दंगे न भड़क जाएँ और हालात नियंत्रण से बाहर न हो जाएँ? यही कारण था कि अगले दिन देर शाम को दो मिलिट्री डॉक्टर अचानक आए। वे सड़क मार्ग से इस्लामाबाद से आए थे। उन्हें देश के राष्ट्रपति ने ब्रिटिश डॉक्टरों द्वारा अस्पताल के संबंध में दी गई विपरीत रिपोर्ट के कारण भेजा था। ब्रिटिश डॉक्टरों ने अपनी रिपोर्ट में कहा था यदि मलाला को पेशावर में ही रखा गया तो उसका ब्रेन डैमेज हो सकता है और मौत हो सकती है, वहाँ पर उसे इन्फेक्शन का भी खतरा है। उन्होंने सलाह दी थी कि मलाला को किसी अन्य अच्छे अस्पताल में ट्रांसफर कर दिया जाए। इसी उद्देश्य से मिलिट्री के दोनों डॉक्टर भेजे गए थे। इधर अस्पताल प्रशासन ने ब्रिटिश चिकित्सक डॉ. फियोना द्वारा कही गई बातों पर कोई ध्यान नहीं दिया। पहले ही दिन डॉ. फियोना ने मलाला का चेकअप किया और अपनी राय प्रकट की थी। उन्होंने कोई बदलाव भी नहीं किया। मलाला की दशा खराब होती जा रही थी। इन्फेक्शन का खतरा सामने खड़ा था। अगले दिन बृहस्पतिवार की सुबह आए उन विशेषज्ञ डॉक्टरों में से एक ब्रिगेडियर असलम ने डॉ. फियोना को सूचित किया कि मलाला की दशा खराब होती जा रही है। उसका ब्लड प्रेशर कमजोर होता जा रहा है, पेशाब निकलने के कारण किड़नी को खतरा पैदा हो गया है, ब्लड एसिड और शुगर लेबल

बढ़ गया है। लगता है कि सभी कुछ गलत दिशा में जा रहा हे। उस समय डॉ. फियोना बर्मिंघम जाने के लिए एयरपोर्ट पहुँच चुकी थी, लेकिन जब मलाला के बारे में बुरी खबर सुनी तो उन्होंने मलाला की सहायता का निर्णय लिया। उनके साथ बर्मिंघम अस्पताल की दो नर्स भी थी। वह तुरंत वापस पेशावर पहुँची। तब तक दोपहर हो चुकी थी। आते ही उन्होंने मलाला के पिता से कहा, "मिस्टर! मलाला को हवाई मार्ग से रावलपिंडी के आर्मी हॉस्पिटल में ट्रांसफर करना होगा, जहाँ पर यहाँ से अच्छी सघन चिकित्सा यूनिट है।"

"डॉक्टर आप तो जानती ही हैं कि मलाला इतनी गंभीर रूप से बीमार है, तब कैसे रावलपिंडी तक पहुँचेगी?"

"आप चिंता न करें। मैं साथ में हूँ और मैं अक्सर इस तरह से काम करती रहती हूँ। मलाला को अच्छे ढंग से ले जाया जाएगा।"

परंतु मलाला के पिता को धैर्य कहाँ था, उन्होंने डॉ. फियोना से भी पूछ लिया, "क्या मलाला के बचने की उम्मीद है?"

"उम्मीद पर ही तो यह सारी दुनिया टिकी हुई है और यदि उम्मीद न होती तो मैं यहाँ न होती, मैं इस समय बर्मिंघम में होती।" डॉक्टर फिर दूसरे वार्ड में चली गई।

मलाला के साथ ही घायल हुई साजिया भी इसी अस्पताल में आ गई थी। डॉ. फियोना उसे भी चेक करने गई। उन्होंने लौटकर मलाला के पिता से कहा, "साजिया खतरे से बाहर है। वह कुछ दिन बाद अपने घर जा सकती है। अब तुम लोग मलाला की देखभाल करो।"

डॉ. फियोना की देखरेख में मलाला को आर्मी की सुरक्षा में एम्बुलेंस से हेलीपैड तक लाया गया। वहाँ से उसे हेलीकाप्टर द्वारा रावलपिंडी भेजा गया। वायुमार्ग से रावलपिंडी का रास्ता लगभग एक घंटा 15 मिनट का है। रास्तेभर डॉ. फियोना व्यस्त रही, वह एक मिनट के लिए भी बैठी नहीं। वह हेलीकाप्टर में भी सभी मशीनों को चेक करती रही।

जब हेलीकाप्टर रावलपिंडी पहुँचा तब मलाला को फिर से आर्मी की सुसना एम्बुलेंस से मिलिट्री हॉस्पिटल ले जाया गया। इस हॉस्पिटल का नाम आर्म्ड फोर्सेस इन्स्टीट्यूट आफ कार्डियोलॉजी है।

इस अस्पताल में सुरक्षा का कड़ा घेरा था, किसी को भी मलाला से मिलने की इजाजत नहीं थी। आर्मी की पूरी एक बटालियन हॉस्पिटल की सुरक्षा में नियुक्त थी। एक मेजर को अस्पताल की सुरक्षा की कमान सौंपी गई थी। डॉक्टर अपनी यूनीफार्म में रहते थे। मरीजों के केवल निकट संबंधी या पारिवारिक सदस्यों से ही मिलने दिया जाता था। मलाला के परिवार को निकट के आफीसर्स हॉस्टल में तीन कमरे दिए गए थे। उन्हें मोबाइल फोन की सुविधा से वंचित कर दिया गया। वैसे तो बताया यह गया था कि ऐसा सुरक्षा कारणों से किया गया है, लेकिन वास्तविकता यह थी कि मलाला के परिवार को मीडिया से दूर किया गया था। यदि मलाला के पिता बेटी को देखने के लिए अस्पताल भी आना चाहते थे तो पहले वाकी-टाकी से सुरक्षा अधिकारी आपस में बात करते थे। उसके बाद एक सुरक्षाकर्मी की देखरेख में मलाला के पिता को भेजा जाता था। मलाला का परिवार तालिबानी हमले के बारे में चिंतित रहता था। परिवार के अन्य सदस्य भी कहीं आ जा नहीं पाते थे। उस समय मलाला का भाई खुशहाल मिंगोरा में ही रह गया था। बाद में सुरक्षा कारणों से उसे भी रावलपिंडी बुला लिया गया। जहाँ मलाला के परिवार को ठहराया गया था, वहाँ पर न तो टीवी, न कंप्यूटर और न ही इंटरनेट अर्थात् कोई सुविधा नहीं थी। एक प्रकार से मलाला का परिवार बाकी दुनिया से कट गया था।

मलाला के ऊपर हमले पर देश-विदेश में हंगामा हो रहा था। संयुक्त राष्ट्र संघ ने इस घटना की निंदा की। विदेशों में प्रदर्शन भी हो रहे थे। उधर मलाला के इलाज के लिए अमेरिका, ब्रिटेन, जर्मनी, सिंगापुर और अरब देशों से प्रस्ताव मिल रहे थे। लेकिन मलाला के माता-पिता मजबूर थे, क्योंकि मलाला के इलाज के संबंध में उनसे कोई सलाह नहीं ली जा

रही थी। सारे निर्णय सेना के अधिकारियों द्वारा लिए जा रहे थे। डॉ. फियोना मलाला के परिवार के लिए किसी फरिश्ते से कम नहीं रही। वही एक अकेली ऐसी महिला डॉक्टर थी, जो मलाला की कम पढ़ी-लिखी माँ के साथ बैठकर उन्हें पूरी बात समझाती थी और धैर्य बंधाती थी। वे मलाला के पिता को भी बार-बार कहती थी कि अपनी पत्नी को सबकुछ धैर्य के साथ बताया करो।

देश के राष्ट्रपति मलाला के लिए चिंतित थे। उन्होंने डॉक्टर जाविद और डॉ. फियोना से परामर्श किया कि क्या मलाला को इलाज के लिए पाकिस्तान से बाहर भेजा जा सकता है। डॉ. जाविद और फियोना ने उन्हें परामर्श दिया कि अच्छी रिकवरी और पुनर्वास के लिए मलाला को पाकिस्तान से बाहर भेजना ही होगा, क्योंकि पाकिस्तान में सुलभ सुविधाएँ उच्च श्रेणी की नहीं हैं। राष्ट्रपति ने फिर पूछा कि यदि भेजना ही है तो कहाँ भेजा जाए? वैसे राष्ट्रपति ने अमेरिका का नाम अपनी लिस्ट में से तुरंत हटा दिया, क्योंकि दोनों देशों के राजनीतिक रिश्ते अच्छे नहीं थे। डॉ. जाविद ने इस संबंध में छह घंटे तक विचार-विमर्श किया, जो एक उच्च

पदाधिकारी के लिए बहुत बड़ी बात है। वे मलाला को मरने नहीं देना चाहते थे। इसलिए अच्छे से अच्छे इलाज का विकल्प तलाश रहे थे। डॉ. जाविद ने उन्हें इडिनबर्ग, ग्लास्गो और ब्रिटेन के कई विशेषज्ञ अस्पतालों के नाम सुझाए, लेकिन अंत में पाकिस्तान के राष्ट्रपति ने कहा कि आप स्वयं अपने अस्पताल में क्यों नहीं ले जाते? डॉ. जाविद महारानी एलिजाबेथ हॉस्पिटल बर्मिंघम के डॉक्टर थे। यह अस्पताल सुविधाओं के कारण विश्वभर में मशहूर है। अफगानिस्तान और इराक में घायल सैनिकों का अधिकतर इलाज इसी अस्पताल में होता है। यह अस्पताल शहर से बाहर है और अपनी प्राइवेसी के लिए भी जाना जाता है।

अगले दिन संयुक्त अरब अमीरात के शाही परिवार के निजी जेट विमान, जो सभी तरह की मेडिकल सुविधा से लैस था, में मलाला को बर्मिंघम ले जाया गया, जहाँ लंबे उपचार के बाद मलाला की जान बच गई और सारे संसार में उनके लिए दुआएँ की गई, जिसे दया के सागर ईश्वर ने सुन लिया था। इसके बाद तो मलाला विश्व की चर्चित हस्ती और दुनिया की बेटी बन गई, यही कारण है कि मलाला यूसुफजई को टाइम मैगजीन ने दुनिया के 16 सबसे असरदार टीन एजर्स की लिस्ट में शामिल किया है। मलाला यूसुफजई को इस लिस्ट में सातवें नंबर पर रखा गया है। बच्चियों के मौलिक अधिकारों के लिए मुखर हुई मलाला तालिबान के निशाने पर आ गई। तालिबान ने 2013 में पाकिस्तान में मलाला के सिर में उस वक्त गोली मार दी थी जब वह स्कूल बस से अपने घर लौट रही थी। मलाला को नोबेल पीस प्राइज के लिए नॉमिनेशन से लेकर साखरोव प्राइज फॉर फ्रीडम ऑफ थॉट और क्लिंटन ग्लोबल सिटीजन अवॉर्ड मिला, उन्होंने राष्ट्रपति ओबामा के साथ शिक्षा अधिकारों पर चर्चा की। इंग्लैंड की महारानी से मिली और युनाइटेड नेशंस में भाषण भी दिया। इस 16 साल की बच्ची के सपनों, साहस और दूरदर्शिता की पूरी दुनिया ने प्रशंसा की है।

परास्नातक डिग्री

मलाला जब केवल आठवीं की छात्रा थी, लेकिन नारी शिक्षा के लिए तब उन्होंने जो कर दिखाया उसके लिए उन्हें परास्नातक डिग्री प्रदान की गई है और वे अपनी आगे की शिक्षा इंग्लैंड में कर रही हैं।

उपचार हो जाने के बाद मलाला ब्रिटेन के एडिनबरा में अपनी उन साथियों से मिलीं, जो उसी हमले में घायल हो गई थीं। तीनों लड़कियाँ अब ब्रिटेन में ही रह कर पढ़ाई करने लगी, लेकिन तालिबान के हमले के बाद ब्रिटेन में ही उनकी इलाज के बाद पहली मुलाकात हुई थी। मलाला का कहना है कि उनकी दो सहेलियों कायनात रियाज और शाजिया रमजान के जुड़ जाने से शिक्षा के यूनिवर्सल राइट्स यानी सार्वभौम अधिकार की उनकी मुहिम को और भी बल मिला है। उपचार के बाद मलाला उस दिन अपनी दो अन्य उन सहेलियों के साथ थी, जब उसे वह सम्मान मिला, जोकि इस उम्र में मिलना गौरव की बात होती है। पूर्व ब्रिटिश प्रधानमंत्री गॉर्डन ब्राउन ने मलाला को मानद परास्नातक की डिग्री प्रदान की।

मलाला को न्यूयार्क विश्वविद्यालय की मानद परास्नातक डिग्री और शिक्षा व महिला अधिकारों के लिए काम करने के लिए कारनेगी पुरस्कार से सम्मानित किया गया।

मलाला ने इस अवसर पर कहा, "जब मुझ पर हमला हुआ था, तब लगा कि मैं शिक्षा के लिए अपना संघर्ष जारी नहीं रख पाऊँगी, लेकिन ना सिर्फ मैं अपना अभियान जारी रख सकी, बल्कि अब कायनात और शाजिया भी मेरे साथ हैं। वे डरी हुई नहीं हैं। हम डरे हुए नहीं हैं। लोग

संयुक्त राष्ट्र महासचिव बान की मून के साथ मलाला

सहयोग कर रहे हैं और ये हमारी सबसे बड़ी ताकत हैं, वही हमारा हथियार हैं, हमारी एकता और हमारा साथ।"

अत्यंत प्रतिकूल परिस्थितियों में शांति को बढ़ावा देने, साहसी और उत्कृष्ट सेवाओं के लिए, उसे पहली बार 19 दिसम्बर 2011 को पाकिस्तानी सरकार द्वारा पाकिस्तान का पहला युवाओं के लिए राष्ट्रीय शांति पुरस्कार भी मिला।

संयुक्त राष्ट्र में संबोधन

संयुक्त राष्ट्र में आज तक विश्व की महान हस्तियाँ और देश-विदेश के प्रधानमंत्री और राष्ट्रपति ही भाषण देते आए हैं, लेकिन मलाला को अत्यंत कम उम्र में ही उस मंच से भाषण देने का सौभाग्य मिला है, जिस मंच से भारत के प्रधानमंत्री, राष्ट्रपति, अमेरिका के राष्ट्रपति या फिर ब्रिटिश महारानी विश्व को संबोधित कर चुकी हैं। यह अपने आप में निःसंदेह गौरव की बात है। उनका मूल भाषण इस प्रकार है :

आदरणीय बान की मून, महासचिव संयुक्त राष्ट्र, संयुक्त राष्ट्र महासभा के अध्यक्ष वुक जेरेमिक, वैश्विक शिक्षा के लिए संयुक्त राष्ट्र के राजदूत श्री गॉर्डन ब्राउन, मुझसे बड़े आदरणीय जन, मेरे प्यारे भाइयो और बहनो!

अस्सलाम अलैकुम...

एक लंबे समय के बाद फिर से बोलना, मेरे लिए एक गर्व की बात है। यहाँ इतने सम्मानीय लोगों के बीच होना मेरे जीवन की एक महान घड़ी है। मेरे लिए यह बेहद गौरव की बात है कि मैंने दिवंगत बेनजीर भुट्टो का शॉल ओढ़ रखा है। मुझे यह नहीं पता कि मैं कहाँ से अपनी बात शुरू करूँ। मुझे यह नहीं मालूम कि लोग मुझसे क्या बोलने की उम्मीद कर रहे हैं, लेकिन सबसे पहले उस खुदा का शुक्रिया जिनकी निगाह में हम सब बराबर हैं। आप सभी लोगों का शुक्रिया जिन्होंने मेरी सलामती और नयी जिंदगी के लिए दुआ माँगी। लोगों ने मुझे जितना प्यार दिया है, उस पर यकीन करना मुश्किल है। मुझे दुनिया के कोने-कोने से मेरी खुशामती की दुआओं से भरे हजारों कार्ड और तोहफे मिले हैं। आप सभी को इनके लिए

शुक्रिया। उन बच्चों का शुक्रिया जिनके तुतलाते शब्द मेरी हौसला अफजाई करते हैं। अपने से बड़ों का शुक्रिया, जिनकी दुआओं ने मुझे मजबूती दी है। मैं पाकिस्तान और ब्रिटेन हॉस्पीटल के अपने डॉक्टरों, नर्सों व कर्मचारियों को, साथ ही यूनाइटेड अरब अमीरात सरकार को शुक्रिया कहना चाहती हूँ, जिन्होंने स्वस्थ होने में मेरी मदद की।

मैं संयुक्त राष्ट्र महासचिव बान की मून को उनके ग्लोबल एजुकेशन फर्स्ट (सबसे पहले शिक्षा की वैश्विक मुहिम) की पहल का, साथ ही वैश्विक शिक्षा के लिए संयुक्त राष्ट्र के राजदूत गॉर्डन ब्राउन का और संयुक्त राष्ट्र महासभा के अध्यक्ष वुक जेरेमिक का पूरी तरह समर्थन करती हूँ। वे दुनिया को लगातार जो लीडरशिप दे रहे हैं, उसके लिए मैं उनकी शुक्रगुजार हूँ। आप, हम सभी को आगे बढ़ने के लिए प्रेरित करते हैं।

मेरे प्यारे भाइयो ओर बहनो! एक बात को हमेशा गाँठ बांध कर याद रखिए, मलाला दिवस, मेरा दिवस नहीं है। यह वैसी हर महिला, हर बच्चे और हर लड़की का दिन है, जिसने अपने अधिकारों के लिए आवाज उठायी है।

सैकड़ों मानवाधिकार कार्यकर्ता और सामाजिक कार्यकर्ता न सिर्फ अपने अधिकारों के लिए आवाज उठा रहे हैं, बल्कि वे शान्ति, शिक्षा और समानता के अपने लक्ष्यों के लिए संघर्ष कर रहे हैं। आतंकवादियों के हाथों हजारों लोग मारे गए हैं, लाखों लोग घायल हुए हैं। मैं उनमें से ही एक हूँ। इसलिए मैं यहाँ खड़ी हूँ, क्योंकि मैं कई लड़कियों में से एक हूँ। मैं सिर्फ अपनी तरफ से नहीं बोल रही हूँ, बल्कि उन सभी की तरफ से बोल रही हूँ, जिनकी आवाज नहीं सुनी जाती। उनकी तरफ से जिन्होंने अपने अधिकारों की खातिर लड़ाई लड़ी है। शान्ति के साथ रहना उनका हक है। गरिमा और सम्मान के साथ रहना उनका हक है। समानता और अवसर की मौजूदगी उनका हक है। शिक्षित होना उनका हक है।

मेरे प्यारे साथियो! नौ अक्टूबर, 2012 को तालिबान ने मेरे माथे के

बाएँ हिस्से में गोली मारी थी। उन्होंने मेरी साथियों पर भी गोलियाँ बरसायीं। उन्होंने सोचा कि गोलियाँ हमें खामोश कर देंगी। लेकिन वे हार गए। और उस खामोशी से हजारों आवाजें बाहर निकल पड़ीं। आतंकवादियों ने सोचा कि वे मेरे मकसद को बदल देंगे और मेरी महत्वाकांक्षाओं के पर कतर देंगे। लेकिन इसने मेरे जीवन में कुछ भी नहीं बदला, सिवाय इस बात के कि मेरी कमजोरियाँ, डर और निराशा खत्म हो गई। मेरे अंदर, एक शक्ति, क्षमता और साहस का जन्म हुआ। मैं आज भी वही मलाला हूँ, मेरी आशाएँ वैसी ही हैं। मेरे सपने भी पहले की ही तरह जिंदा हैं। प्यारे भाइयो और बहनो! मैं किसी के खिलाफ नहीं हूँ। मैं यहाँ इसलिए नहीं खड़ी हूँ ताकि तालिबान या किसी दूसरे आतंकी संगठन से बदला लेने की भाषा मे बात करूँ। मैं यहाँ खड़ी हूँ ताकि हर बच्चे के लिए शिक्षा का आधिकार की माँग उठा सकूँ। मैं तालिबान और दूसरे कट्टरपंथी आतंकवादियों के बच्चे-बच्चियों के लिए शिक्षा की वकालत करती हूँ। मेरे मन में उस तालिब के लिए भी नफरत नहीं, जिसने मुझे गोली मारी। अगर मेरे हाथों में बंदूक होती और वह मेरे सामने खड़ा होता, तो भी मैं उस पर गोली नहीं चलाती। यह वह करुणा है, जो मैंने दया के पैगंबर मोहम्मद, ईसा मसीह और भगवान बुद्ध से सीखी है। यह परिवर्तन की वह परंपरा है, जो मुझे मार्टिन लूथर किंग, नेल्सन मंडेला और मोहम्मद अली जिन्ना से विरासत में मिली है।

यह अहिंसा का वह अध्याय है जिसका पाठ मैंने मैंने गांधी, बादशाह खान और मदर टेरेसा से सीखा है। लोगों को माफ करने की यह क्षमता मैंने अपने माता-पिता से सीखी है। मेरी आत्मा मुझसे यही कह रही है कि शांति के साथ रहो और हर किसी से प्यार करो।

मेरे प्यारे भाइयो और बहनो! हम अंधेरे का महत्व तब समझते हैं, जब हमारा सामना अंधेरे से होता है। हमें अपनी आवाज का महत्व तब पता चलता है, जब हमें चुप कराया जाता है। इसी तरह उत्तरी पाकिस्तान के

स्वात में जब हमने बंदूकें देखीं, तब हमें किताब और कलम का महत्व पता चला। पुरानी कहावत कि कलम तलवार से ज्यादा ताकतवर होती है, सही है। कट्टरवादियों को किताबों और कलमों से डर लगता है। शिक्षा की शक्ति उनमें डर पैदा करती है। महिलाएँ उन्हें भयभीत करती हैं। महिलाओं की आवाज की ताकत उन्हें डराती है। यही वजह है कि उन्होंने हाल ही में क्वेटा में किए गए हमले में 14 मासूम बच्चों की जान ले ली। यही कारण है कि वे महिला शिक्षिकाओं की हत्या करते हैं। यही कारण है कि वे रोज स्कूलों को बम से उड़ा रहे हैं, क्योंकि वे पहले भी और आज भी उस बदलाव और समानता से डरे हुए हैं, जो हम समाज में ला सकते हैं। मुझे याद है कि हमारे स्कूल के एक लड़के से एक पत्रकार ने सवाल किया था, 'तालिबान शिक्षा के खिलाफ क्यों हैं?' उसने बहुत सहजता से इसका जवाब दिया था, 'क्योंकि एक तालिब को नहीं मालूम कि उस किताब के भीतर क्या लिखा है।' उनको लगता है कि भगवान एक पिलपिला, रूढ़ीवादी जीव है, जो लोगों के सिर पर सिर्फ इसलिए बंदूक तान देगा, क्योंकि वे स्कूल जा रहे हैं।

आतंकवादी अपने निजी फायदों के लिए इसलाम के नाम का दुरुपयोग कर रहे हैं। पाकिस्तान एक शान्तिप्रेमी लोकतांत्रिक देश है। पख्तून अपने बच्चों और बच्चियों के लिए शिक्षा चाहते हैं। इसलाम शान्ति, मानवता और भाईचारे का मजहब है। इसके अनुसार हर किसी का कर्तव्य है कि हर बच्चा-बच्ची शिक्षा हासिल करे। शिक्षा के लिए शांति जरूरी है। दुनिया के कई हिस्सों में खासकर पाकिस्तान और अफगानिस्तान में आतंकवाद, युद्ध और संघर्ष बच्चों को स्कूल जाने से रोक रहे हैं। हम लोग सचमुच में इन युद्धों से थक गए हैं। दुनिया के कई हिस्सों में इसकी वजह से बच्चों और महिलाओं को कई तरह के कष्टों का सामना करना पड़ रहा है।

आज मासूम गरीब बच्चे बालश्रम के शिकार हैं। नाईजीरिया में कई स्कूल तबाह कर दिए गए हैं। अफगानिस्तान में चरमपंथ ने लोगों के जीवन

को प्रभावित किया है। कम उम्र की लड़कियों को घरेलू बाल मजदूर के तौर पर काम करना पड़ता है। उन्हें कम उम्र में शादी करने के लिए मजबूर किया जाता है। गरीबी, उपेक्षा, नस्लवाद और मौलिक अधिकारों से महरूम किया जाना, ये वे समस्याएँ हैं, जिनका सामना आज स्त्री और पुरुष दोनों को करना पड़ रहा है।

आज मैं महिलाओं के अधिकारों और लड़कियों की शिक्षा पर सबसे ज्यादा बात इसलिए कर रही हूँ क्योंकि सबसे ज्यादा कष्ट वे ही उठा रही हैं। एक समय था जब महिला कार्यकर्ता अपने अधिकारों के लिए पुरुषों से आगे आने की अपील करती थीं, लेकिन अब हम यह काम खुद करेंगे। मैं पुरुषों से यह नहीं कह रही कि वे स्त्रियों के अधिकारों के लिए बोलना छोड़ दें, लेकिन मैं मानती हूँ कि महिलाओं को खुद आजाद होना होगा और अपने अधिकारों के लिए खुद आवाज उठानी होगी। इसलिए मेरे प्यारे भाइयो और बहनो! यह आवाज उठाने का वक्त है। इसलिए आज हम विश्व के नेताओं से यह अपील करते हैं कि वे अपनी नीतियों को शांति और समृद्धि के पक्ष में बदलें। मैं उनसे आशा करती हूँ कि उनकी नीतियाँ बच्चों और महिलाओं के अधिकारों की सुरक्षा के लिए होनी चाहिए। कोई ऐसा समझौता जो महिलाओं के अधिकारों के खिलाफ जाता है, हमें मंजूर नहीं है।

हम दुनिया की सभी सरकारों से हर बच्चे के लिए मुफ्त और अनिवार्य शिक्षा की व्यवस्था करने की अपील करते हैं। हम उनसे आतंकवाद और खून-खराबे के खिलाफ संघर्ष करने की, बच्चों को अत्याचारों से बचाने की प्रार्थना करते हैं। हम विकसित देशों से अपील करते हैं कि वे विकासशील देशों में लड़कियों के लिए शिक्षा के अवसरों में वृद्धि लाने में मदद करें। हम दुनिया के सभी समुदायों से अपील करते हैं कि वे सहिष्णु बनें और जाति, नस्ल, धर्म, पंथ या एजेंडे पर आधारित पूर्वाग्रहों से मुक्त होकर स्त्रियों की आजादी और समानता को सुनिश्चित करने की दिशा में कदम

बढ़ाएँ, जिससे वे अपना विकास कर पाएँ। हम सभी तब तक सफल नहीं हो सकते, जब तक आधी आबादी को पिछड़ेपन में जीने के लिए मजबूर किया जाएगा। हम दुनिया भर की अपनी बहनों से अपील करना चाहते हैं कि वे साहसी बनें, अपने भीतर ताकत पैदा करें और अपने भीतर दबी संभावनाओं को हासिल करें।

मेरे प्यारे भाइयो और बहनो! हम हर बच्चे के बेहतर भविष्य के लिए स्कूल और शिक्षा चाहते हैं। हम शान्ति और शिक्षा की मंजिल तक अपनी यात्रा को ले जाने के लिए कृत संकल्प हैं। हमें कोई नहीं रोक सकता। हम अपने अधिकारों के लिए आवाज उठाएँगे और बदलाव लेकर आएँगे। हम अपने शब्दों की ताकत को पहचानते हैं। हमारे शब्द पूरी दुनिया को बदल सकते हैं, क्योंकि हम सब साथ हैं, शिक्षा के उद्देश्य के लिए एकजुट हैं। और अगर हमें अपने लक्ष्यों को हासिल करना है, तो हमें अपने आप को शिक्षा के शस्त्र से ताकतवर बनाना होगा और खुद एकता और अनुशासन के मजबूत कवच से अपनी रक्षा करनी होगी।

भाइयो और बहनो! हमें यह नहीं भूलना चाहिए कि दुनिया की एक बड़ी आबादी गरीबी, अन्याय और उपेक्षा का दंश झेल रही है। हमें यह नहीं भूलना चाहिए कि करोड़ों बच्चे स्कूल से बाहर हैं। हमें यह नहीं भूलना चाहिए कि हमारे भाई-बहन एक चमकते शान्तिपूर्ण भविष्य का इंतजार कर रहे हैं।

इसलिए आएँ, अशिक्षा, गरीबी और आतंकवाद के खिलाफ एक महान संघर्ष की शुरुआत करें। आएँ हम सब अपनी कलम और किताबों को हाथों में थाम लें। उनसे ज्यादा ताकतवर अस्त्र और कोई नहीं है। एक बच्चा, एक शिक्षक, एक किताब और एक कलम दुनिया को बदल सकते हैं। शिक्षा ही एकमात्र समाधान है। सबसे पहले शिक्षा। एजुकेशन फर्स्ट।

शुक्रिया।

गांधीवाद की विजय

तालिबान के खिलाफ आवाज बुलंद करने वाली पाकिस्तानी किशोरी मलाला महात्मा गांधी को अपना आदर्श मानती हैं। मलाला ने अहिंसा पर जोर देने वाले गांधी जी और अन्य वैश्विक नेताओं को याद करते हुए कहा कि मैं किसी के खिलाफ नहीं हूँ और न ही मैं तालिबान या किसी अन्य आतंकवादी गुट के खिलाफ निजी बदला लेने के लिए यहाँ पर बोल रही हूँ। मलाला ने कहा कि अहिंसा का यही दर्शन है, जिसे मैंने गांधी जी, बादशाह खान और मदर टेरेसा से सीखा है।

संयुक्त राष्ट्र में मलाला यूसुफजई के भाषण के कुछ ही दिन बाद तालिबान ने 17 जुलाई 2013 को उनसे कहा कि वह पाकिस्तान लौट आएँ और राज्य के किसी भी मदरसे में शिक्षा ग्रहण करें। पूर्व राष्ट्रपति जनरल परवेज मुशर्रफ की हत्या के प्रयास में वांछित तालिबान लड़ाका अदनान राशिद ने मलाला को एक पत्र लिखा है। तालिबान ने ही वर्ष 2012, अक्टूबर में मलाला पर हमला किया था, जिसमें उनके सिर में गोली लगी थी। राशिद ने लिखा है, 'मैं आपको घर वापस आने, इस्लामी और पश्तून संस्कृति अपनाने, अपने गृहनगर के निकट महिलाओं के किसी भी इस्लामी मदरसे में पढ़ने, अल्लाह की पुस्तक का ज्ञान पाने, अपनी कलम का इस्तेमाल मुसलमान समुदाय के भले के लिए काम करने और नई दुनिया के नाम पर पूरी मानवता को दास बनाने की साजिश में लगे छोटे से कुलीन वर्ग का पर्दाफाश करने की सलाह देता हूँ।' करीब 2,000 शब्दों का यह पत्र 15 जुलाई 2013 को लिखा गया है, लेकिन आज तक यह स्पष्ट

नहीं है कि इसे कहाँ से भेजा गया था। इसे मीडिया में भी जारी किया गया। वायुसेना के पूर्व कर्मी राशिद ने 16 वर्षीय मलाला पर हुए हमले को उचित ठहराने का प्रयास करते हुए दावा किया कि वह 'तालिबान-विरोध ी अभियान' में शामिल थी। राशिद ने लिखा है, "तालिबान ने आप पर हमला स्कूल जाने या आपको शिक्षा से प्रेम होने के कारण नहीं किया, कृपया इस बात पर भी ध्यान दें कि तालिबान या मुजाहिद्दीन किसी भी पुरुष, महिला या बच्ची की शिक्षा के खिलाफ नहीं हैं।"

दुनिया भर के करीब 10 लाख लोग आज भी प्राथमिक शिक्षा से दूर हैं और मलाला शिक्षा के प्रति विश्वभर में जाग्रति ला रही हैं। यही कारण है कि अहिंसा के सिद्धांत के आगे तालिबानी भी झुक गए हैं, यह मलाला की सबसे जीत है।

पाकिस्तानी वायुसेना के पूर्व सदस्य और स्वयंभू तालिबान कमांडर ने लड़कियों की शिक्षा की पैरोकारी करने वाली किशोरी मलाला यूसुफजई को लिखे पत्र में महात्मा गांधी, प्रभु यीशू और भगवान बुद्ध का जिक्र किया है। राशिद ने मलाला को पाकिस्तान लौटने तथा इस्लाम के लिए काम करने का आग्रह किया है। इससे कुछ दिनों पहले मलाला ने कहा था कि तालिबान के हमले से लड़कियों की शिक्षा के पक्ष में बोलने की उनकी प्रतिबद्धता जरा भी कम नहीं हुई है। राशिद ने कहा, 'जो दया आपने पैगम्बर मुहम्मद से सीखी है, काश पाकिस्तानी सेना भी सीखती ताकि वे मुसलमानों का खून बहाना बंद कर देते, जो दया आपने यीशू से सीखी है, वो अमेरिका और नाटो को सीखना चाहिए। मैं भगवान बुद्ध के अनुयायियों से यही उम्मीद करता हूँ। मेरी उम्मीद भारतीय सेना से भी है कि वह गांधी जी का अनुसरण करें।'

हर किसी का एक सपना होता है और मलाला का भी एक सपना है। उसने पिछले दिनों एक साक्षात्कार में कहा, "मैं पाकिस्तान की प्रधानमंत्री बनना चाहती हूँ।"

मलाला दिवस

मलाला के सम्मान में 10 नवंबर को दुनिया भर में मलाला दिवस के रूप में मनाए जाने के आह्वान के साथ संयुक्त राष्ट्र महासचिव बान की मून ने इस किशोरी की साहसिक कोशिशों के प्रति समर्थन जताया है। मून ने मलाला को प्रत्येक बालिका की शिक्षा का वैश्विक प्रतीक करार दिया।

संयुक्त राष्ट्र के विशेष दूत एवं पूर्व ब्रिटिश प्रधानमंत्री गॉर्डन ब्राउन ने कहा है कि 10 नवंबर को मलाला दिवस घोषित किया गया है। आप जानते ही हैं कि पाकिस्तान में बालिका शिक्षा के लिए अभियान चलाने को लेकर मलाला के खिलाफ यह हमला किया गया था। लड़कियों की शिक्षा की वकालत करने वाली मलाला को तालिबान ने हमला करके घायल कर दिया था। मलाला का बर्मिंघम के क्वीन एलिजाबेथ अस्पताल में इलाज किया गया।

अस्पताल ने मलाला की एक फोटो जारी की, जिसमें वह बैठकर एक पुस्तक पढ़ रही थी। मलाला के पिता, माँ और दो भाई दिन में दो बार उससे मिलते थे। मलाला के 15 अक्टूबर 2012 को बर्मिंघम में आने के बाद से उसे हजारों उपहार, कार्ड और समर्थन संदेश मिले हैं। सात हजार से भी अधिक लोगों ने संदेश पट पर उसके लिए संदेश लिखा है।

इस बीच संयुक्त राष्ट्र में मलाला दिवस समारोह के मौके पर दो भारतीय सहित सात लड़कियों को यूएन स्पेशल एनवाय फॉर ग्लोबल

एजुकेशंस यूथ करेज अवॉर्ड फॉर एजुकेशन पुरस्कार से सम्मानित किया गया। विश्व की सात लड़कियों को उनके साहस और लड़कियों की शिक्षा एवं महिलाओं की प्रतिष्ठा के उद्देश्य को बढ़ावा देने की उपलब्धि के लिए यह विशेष पुरस्कार प्रदान किए गए। इसमें से दो भारतीयों बेंगलुरु की 21-वर्षीय अश्विनी और उत्तर प्रदेश की 15-वर्षीय रजिया को इस पुरस्कार से सम्मानित किया गया।

अश्विनी को अध्ययन करने में आने वाली बाधाओं के खिलाफ लड़ाई और उसके बाद उस शिक्षा का इस्तेमाल अक्षम बच्चों के लिए वह अभियान चलाने के लिए दिया गया, जिससे उन्हें वह शिक्षा प्राप्त हो सके, जिसके वे हकदार हैं।

अश्विनी जन्म से ही दृष्टिहीन थी। उसका पालन-पोषण कर्नाटक के गरीब ग्रामीण परिवेश में हुआ। अश्विनी ने स्नातक की अपनी पढ़ाई पूरी करने के लिए मुश्किल परिस्थितियों का सामना किया। अश्विनी ने अच्छे अंक के साथ स्नातक की पढ़ाई पूरी करने के बाद एक आईटी कंपनी में अच्छी नौकरी प्राप्त की, लेकिन अन्य विकलांग बच्चों के लिए अभियान को आगे बढ़ाने के लिए नौकरी छोड़ दी। अश्विनी अब बेंगलुरु के एक गैर सरकारी संगठन लियोनार्ड शेशायर डिसेबिलिटी के साथ काम करती है।

रजिया को बच्चों की शिक्षा के लिए उसके योगदान के लिए पुरस्कृत किया गया। वह पूर्व में एक बाल श्रमिक थी, जो फुटबॉल सीने का काम करती थी। उसने संघर्ष किया और वह शोषण के चंगुल से मुक्त हुई और उसके बाद शिक्षा ग्रहण करने लगी। रजिया ने मुश्किल परिस्थितियों में अपनी 11वीं की पढ़ाई पूरी की और वह अब अपने समाज में काम करती है, ताकि बच्चों को काम के बोझ से मुक्त करे, उन्हें विद्यालयों में दाखिल करा सके। रजिया ने 2012 में अपने समुदाय के 48 बच्चों को काम छुड़ाकर विद्यालय में दाखिला कराया।

प्रश्नोत्तरी

1. मलाला का जन्म कब हुआ था?

(अ) 12 जुलाई 1997 (ब) 25 दिसंबर 1961

(स) 5 मार्च 1980 (द) 15 अगस्त 1982

2. मलाला के पिता का क्या नाम है?

(अ) रहमान (ब) नादिर

(स) रोहुल (द) जियाउद्दीन युसुफजई

3. जब मलाला पर हमला हुआ, वह कौनसी कक्षा की छात्रा थी?

(अ) कक्षा 2 (ब) कक्षा 5

(स) कक्षा 8 (द) कक्षा 9

4. मलाला के पिता उसे किस नाम से पुकारते हैं?

(अ) जानी (ब) बिटिया

(स) लाची (द) लाड़ो

5. मलाला किस धर्म की अनुयायी है?

(अ) इसलाम (ब) हिन्दू

(स) वैदिक (द) ईसाई

6. इनमें से कौन मलाला की सहेली नहीं है?

(अ) मोनिबा (ब) शाजिया रमजान

(स) कायनात रियाज (द) सानिया मिर्जा

7. मलाला पर तालिबानी हमला कब हुआ था?

(अ) 9 अक्टूबर 2012 (ब) 9 अक्टूबर 2013

(स) 9 अक्टूबर 2010 (द) 9 अक्टूबर 2014

8. मलाला का सपना क्या है?

(अ) प्रधानमंत्री बनना (ब) डॉक्टर बनना

(स) मदर टेरेसा बनना (द) टीचर बनना

9. मलाला दिवस पहली बार कब मनाया गया?

(अ) 10 नवंबर 2010 (ब) 10 नवंबर 2013

(स) 10 नवंबर 2012 (द) 15 नवंबर 2013

10. मलाला को परास्नातक की मानद उपाधि किसने दी?

(अ) वाशिंगटन विश्वविद्यालय ने (ब) गुरुकुल कांगड़ी ने

(स) न्यूयॉर्क विश्वविद्यालय ने (द) कायदेआजम विवि ने

उत्तर

1. अ 2. द 3. स 4. अ 5. अ 6. द 7. अ 8. अ 9. ब 10. स